集韻卷之五

翰林學士兼侍讀學士朝請大夫尚書左司郎中知制誥判秘閣兼判太常禮院群牧使上柱國濟陽郡開國侯食邑一千三百户賜紫金魚袋臣丁度等奉敕修定

上聲上

董第一〔一〕 覩動切 獨用
腫第二 主勇切 獨用
講第三〔二〕 古項切 獨用
紙第四 掌氏切 與旨止通
旨第五 軫視切
止第六 渚市切
尾第七 武斐切 獨用
語第八 偶舉切 獨用

〔一〕董
〔二〕講

噳第九 五矩切 與姥通
姥第十 滿補切
薺第十一 在禮切 獨用
蟹第十二 下買切 與駭通
駭第十三 下楷切
賄第十四 虎猥切 與海通
海第十五〔三〕 許亥切
軫第十六 止忍切 與準通
準第十七 主尹切
吻第十八 武粉切 與隱通
隱第十九 倚謹切
阮第二十 五遠切 與混很通
混第二十一 户衮切
很第二十二 下懇切
旱第二十三 下罕切 與緩通
緩第二十四 户管切

〔三〕海

潸〔一〕第二十五 數版切與產通　產第二十六 所簡切

一○董 覩動切艸名說文鼎董〔二〕也杜林曰藕〔三〕根文十八 董 正也督也通作〔三〕董 蝀 蝃蝀虹也 懂 懵懂心亂 箽[竹重] 竹器一曰竹名或从重亦姓 [鼓董] [鼓董][鼓董]〔四〕鼓聲 [氵董] 物墮水聲 動 振動拜也以兩手相擊而拜一曰今倭人拜以兩〔五〕手相擊蓋古之遺法 [木董] 木名 湩 水濁 [石冬] 石〔七〕墜墜 [口東] 多言 [扌東] 擊也 [月董] 肥也 [女董] 女字 犝 牛名 墥 [土鼎]墥封垤也 ○侗〔六〕 吐孔切侗胴直皃文十七 [彳同] 儱侗直行 [身同] [身龍][身同]身不端 [同攴][同頁] 說文直〔八〕項或从頁亦書作[女同] 捅 進前也引也 [衤同] 衣短袖 桶 說文木方受六升 [麥同] 餅屬 曈 曈曨欲曙 恫 痛也 硐 磨也 [同攴] 擊也 槦 鴻槦木名可爲矢 [穴童] [穴童]寵〔九〕闇也 [女甬] 女字 墥 [土鼎]墥封垤

○動[辵重][彳重]勭 杜孔切說文作也一曰躁也古从辵从彳或作勭文二十一 眮 吳楚謂瞋目顧視曰眮 詷 謥〔一〇〕詷急也一曰共也 挏 說文攤引也漢有挏馬官作馬酒 [赤同] 赤色 酮 酒酢壞 洞〔一一〕 洞洞孝敬〔一二〕心至也 硐 磨也 [同攴] 項直皃或書作[女同] 沖〔一五〕 涌也 桶 廣雅桶檧箸篅也一曰方斛謂之桶 筩〔一三〕甬 候〔一四〕管或作甬 桐 水名莊子自投桐水 胴 侗胴直皃〔一六〕也一曰食腸 [穴同] 通穴也 [口動] 大歌謂之[口動] 峒 山穴 ○籠 魯孔切竹器文十四 攏 持也掠也一曰拗攏籌也 儱 儱侗未成器 [忄龍] [忄龍]悷〔一七〕很也 龓 秉馬也一曰牽也一曰兼有 襱襩〔一八〕

〔一〕潸　〔二〕董　〔三〕藕　〔三〕[鼓董]　〔四〕聲　〔五〕諫　〔七〕皃

〔八〕槝　〔九〕寵　〔一〇〕認　〔一四〕候　〔一七〕佷　〔一八〕櫝賣

〔二〇〕上

〔二一〕玤　璧玉

〔二二〕屏

〔二三〕笑

〔二四〕〔二六〕毋

〔二七〕也

袴之兩股曰襱或从貴　曨　曈曨欲曙　巃　巃嵷山孤皃　寵　孔寵穴也　龓
龍茸聚皃　朧　肥皃　躘　躘躬身不端　徿　徿⿰彳同直行　○鸗　盧動切〔一九〕鳥名小
〔二〇〕鳧也文一　○琫　鞛　琣　補孔切說文佩刀下飾天子以玉諸侯以金或作鞛琣
鞛一曰皮屨文十八　〔二一〕玤　⿰王⿸厂丰　說文石之次玉者以爲系或作⿰王⿸厂丰　⿰糹封　〔二二〕⿱封皮　⿱封衣　說文
枲履也一曰小兒皮屨或作⿱封皮⿱封衣亦書作⿱封糸　蜂　蟲亂飛皃　俸　併俸小〔二三〕皃一曰密不見
唪　說文大〔二四〕笑也　菶　說文艸盛　〔二五〕葑　艸名爾雅蕦葑蓯　埲　塵〔二六〕也　⿰鳥奉
鳥亂飛皃　⿰丰頁　耳本　⿰瓜丰　瓜多實皃詩瓜瓞⿰瓜丰⿰瓜丰通作唪　○蠓　母揔切蟲名說文蠛
蠓也文十七　鸏　水鳥名　曚　晻曚日未明〔二七〕　⿰白蒙　物上白醭　顭　顭顢頭昏

〔二八〕絲

〔三〇〕變

〔三二〕也　〔三三〕澒

〔三四〕棰

〔三五〕樬

〔三六〕緊　〔三七〕總

朦　豐也大也　矇　瞈矇目不明　⿰糹蒙　〔二八〕絲亂也　懵　懜　懞　〔二九〕廣雅闇也
一曰心亂或从夢从蒙　幪　茂〔三〇〕盛皃詩麻麥〔三一〕蠓幪　濛　微雨一曰濛鴻大〔三二〕水一曰小溝　蒙
蔑蒙飛揚皃　鸏　鳥〔三三〕名鸏也　⿰月尨　博雅腫也　〔三四〕庬　庬澒未分之象通作濛　○敵
捅　損動切擊也引也或从手文九　駷　⿰扌欶　搖馬銜走或作⿰扌欶　鏓　刀通竹節中一曰大
鑿平木者　⿱竹悤　⿱艹悤　方言箸〔三五〕筩自關而西謂之桶⿱竹悤或作⿱艹悤　樬　木名　⿰扌送　推也　○
總　揔　緫　摠　⿱宊糸〔三六〕　祖動切說文聚束也一曰皆也或从手古作〔三七〕總揔宊俗作捴非是文一十
八　縱　趨事皃禮喪事欲其縱縱爾　從　高大皃禮爾無從從爾鄭康成讀　⿱髟悤　⿱髟從
馬鬣一曰鬆角或作鬆通作總　傯　倥傯苦也一曰事多　睃　相竊視南楚謂之睃　⿸广悤

〔三九〕禾東

〔四〇〕騣軓

〔四一〕絹

〔四二〕倏

〔四三〕惚

〔四四〕汸

〔四五〕候

屋階中會也 㢔 衆〔三八〕也一曰〔三九〕兩屋合 輚轗 車輪方言關西謂之輚或作轗 熜
說文然麻蒸也 𥞊稯 木聚束也或作稯 翪 鳥飛竦翼上下也 蓯 艸名爾雅
須葑蓯一曰蕐蓯艸皃 猣 犬生三子 騣〔四〇〕 艸名爾雅素華軓騣 嵸 龍嵸山孤皃
轗 蒼色〔四一〕䡯車 㟅 九㟅山名在雍州 繱 博雅〔四二〕繱絹也 璁 美石 憁
悾憁倏〔四三〕不得志 ○ 嗊 虎孔切囉嗊歌〔四四〕也文十三 㬴 㬴㬴日欲明 𦛙 𦛙𦛙月不
明 戇愩 心恍惚曰戇或省 䫼 𩔰䫼頭昏 𢼄 擊也 澒汞 說文〔四五〕丹砂
所化爲水銀也或作汞 渢 水風也 䪊 肥皃 聑 矇聑目不明 鴻 濛鴻
大水通作澒 ○ 孔孓 苦動〔四五〕切說文通也从乙从子乙請子之候鳥也乙至而得子嘉美之

〔四六〕頼

〔四七〕䫽

〔四八〕鐘

〔四九〕聬

也古人名嘉字子孔一曰甚也亦姓古作孓文五 空 竅也通作孔 倥 倥傯事多一曰
苦也 悾 悾惚倏不得志 ○ 澒汞 戶孔切水銀也或作汞文十二 𤆬 𤆬𤆬火皃
頼〔四六〕 頭直也 鴻 濛鴻大水通作澒 琟鳿 琟琟鳥肥大也或〔四八〕从鳥 唝
唝唝聲也 聑 聑聑耳中鳴 蝩 蟲名 䫽〔四七〕 風皃 鉷 鐘聲 ○ 蓊 鄔孔
切蓊鬱艸木茂皃一曰艸名可染黃文二十 翁 翁翁蔥白色 䈵 竹皃 䨣 䨣
雲皃 滃 說文雲氣起也一曰大水皃〔五〇〕 螉 蟲名 瞈 瞈曚日未明 聬〔四九〕 瞈聬
耳聲 𩰣 方言南楚凡大而多謂之𩰣 勜𩕄 勜劜屈強皃或从頁 𥨍 室中闇
塕 塵也 㷻 㷻然煙氣 臃䐥 肥皃或从翁 𩡦𪄍 香也或从臭 嗡

〔五二〕潨

〔一〕左傍

閭聲嵡山皃　○嵸才總切龍嵸山高峻皃文一　○蘢菶蒲蠓切蘢蘢艸

亂皃或作菶文十一　唪犬聲　埲埲埲塵起　塳塳埲煙塵雜起皃　𩡧香氣

盛也　熢熢烽火氣　漨漨〔五二〕溺水濴皃　𩿪鳥亂飛皃　蜂蟲亂飛皃　𩗴

風起皃　○潨吾蓊切水名在襄國文一

二　○腫主勇切說文癰也文八　種種類也或从重　喠不能言也一曰喠容

欲吐　踵〔一〕說文追也一曰往來皃　蹱說文跟也一曰迹也通作踵　伂說文相迹也

董董董髮短也通作種　○雝蠢勇切雛飛皃一雀也或从鳥文四　鶅　曰喠

急喘也一曰喠容欲吐　衝衝蓯相入皃張揖說　○瘇瘇僮僮𩪘竪勇

〔二〕宂

〔三〕禮　〔四〕内　〔五〕坈

〔六〕𡨴

〔七〕軏

〔八〕拒　〔九〕沆

〔一一〕𣫞

〔一二〕稍　〔一三〕取　〔一四〕系

切說文脛氣足腫引詩既微且瘇或作瘇僮僮𩪘文七　蹱跟也　喠喠容欲吐　○宂〔二〕

乳〔三〕勇切說文散也从宀人〔四〕在屋下無田事引周書宮中之宂食俗作宂非是文三十四　坈〔五〕地名

䇯竹頭有文　茸艸生皃　𡨴〔六〕不肖也一曰傝𡨴劣也通作茸　氄毹氄猥雜

皃一曰不肖　搑說文推擣〔八〕也　軵輯軏〔七〕說文反推車令有所付〔一〇〕也一曰輕車

或从茸从宂通作𢫬　𢫬相也　沆〔九〕沆沆水〔一一〕皃　毴毧毷䩸毷縟說文

毛盛也引虞書鳥獸毴髦或作毧毷䩸毷縟　𣫞褏說文羽獵韋絝引虞書鳥獸𣫞毛或作褏

毹毹毹眾多〔一二〕也　迒蹖行也或作蹖　犺吳牛名　蚖小蟲行　舩

說文鼠屬　稓禾稓　䏜〔一三〕使也　緝博雅索〔一四〕也　䄾秬黍　㺝地名　傇

【一五】揀　【一七】敬　【一八】悚　【一九】驚　【二〇】徫　【二一】捱　【二三】湧　【二四】曰　【二五】潀

泉也毴毲毴艸亂皃戚戟屬○竦捒摗【一五】縱筍【一六】勇切說文敬【一七】也从立从束自申束也一曰上也或【一八】从手古作摗縱文二十二愯𢥞悚說文懼也引春秋傳駟氏愯或【一九】作𢥞悚「悚」通作聳慫說文驚【二〇】也聳【二一】說文生而聾曰聳一曰高【二二】也從從從從疾皃或从人㩳擭執也推也或省縜繻獸前絆謂之縜或作繻亦書作縜

䙕襌衣嵷嵱嵷山峯皃駷【二三】摇馬銜走也蓯衝蓯相入皃洶洶溶【二四】水皃愡帐楚人謂幝曰【二五】愡或作帐○衳愡帐衳取勇切博雅衳褌幝也一曰帙也或作愡帐衳文六喠【二六】喠喀欲吐○䙕足勇切博雅䙕褋褌衣文四慫從縱方言慫涌勸也或作從縱○捧拝奉撫勇切掬也或

【二六】鬨𩰞　【二八】涂　【二九】𡗢　【三〇】笑　【三一】嵸　【三二】絝賣　【三四】幢

作拝奉文七夆死也麷熬麥也周禮其實麷蕡徐邈讀湗水也俸併俸

小皃○覂【二七】庈泛踕方勇切說文反覆也或作庈泛踕文七鬨【二六】𩰞所以枝鬲者或作𩰞淎【二八】塗也○奉捧𡗢【二九】父勇切說文承也或作捧古作𡗢奉一曰祿也文四

唪口高說【三〇】一曰大笑○冢塚展勇切說文高墳也或从土冢一曰大也文五潀偃水也湩水濁嵸【三一】山名○寵丑勇切說文尊居也一曰愛也文三趘

趘趘小行埫埫塎不寧○重【三二】𡐓柱勇切厚也善也慎也古作𡐓文九𢟩說文遲也【三三】襱襩裥說文絝踦也方言袴齊魯之間謂之襱或从賣从同鮦說文魚名一曰鱶【三四】也幢廣雅幢謂之幏嬞女字○隴魯勇切說文天水大坂也因以爲州名文

五壠龍說文丘壠也一曰田埒或省亦書作壟通作隴躘行正也𡑼說文塗也○甬〔三五〕尹竦切說文艸木華甬甬然也周禮鍾舞上謂之甬一曰甬東地名在越文三十四埇地名在淮泗一曰道上加土通作甬勈戚恿說文氣也一曰健也或从戈从心亦書作勇悀㦷㣑心喜也一曰凡以器盛而滿謂之悀或从勇从容踊踴說文跳也一曰刖足者屨或从勇𧼱說文喪辟𧼱通作踊嗈㖤喠嗈欲吐或从甬慂容臾勸也方〔三六〕言南楚凡已不欲喜怒而旁人說者謂之慫慂或作容臾搈說文動搈也傛說文不安也俑說文痛也一曰偶人衜道也涌湧說文滕也一曰水名在楚國或作湧溶說文水盛也塎堝塎不寧嵱嵱嵷山峯皃

蛹說文繭蟲也筩箾室桶斛也通作甬硧磨石𩛛𩚬食也或省𡛞女名㣑垂帶飾皃鰫魚名○洶詡拱切說文涌也一曰洶湧水聲文七訩眾言兇〔三八〕恟說文擾恐也引春秋傳曹人兇懼或作恟〔三九〕昫朐煦日出溫也司馬法鼓旦明五通爲發昫或作朐煦○恐𢖶𢘐立勇切說文懼也古从工或作𢘐文七𦹗艸名廣雅𦹗茾藺薚也拲〔四〇〕兩手同械𨂜行聲𣐋〔四一〕檴也○拱共古勇切說文斂手也或省文二十九拲桊〔四二〕說文兩手同械也引周禮上皋桔拲而桎或作桊廾𢍺說文竦手也楊雄說廾从兩手巩𢪎𢀜〔四三〕說文裦也或从手亦作𢀜㤨說文戰慄也珙玐璧也或作玐通作拱𩏧說文以韋

〔三七〕涌
〔三八〕兇
〔三九〕丘恐
〔四〇〕拲　〔四一〕𣐋
〔四二〕拲桊梏
〔四三〕巩裦

【四四】閼　【四五】枝　【四六】㬥　【四七】虔　【四八】孑

東也引易鞏用黃牛之革一曰固也亦縣名又姓【四四】閼所以擭【四五】鬲者一曰舂器亦姓鞏車輞一曰轢也輁輁軸喪遷柩之具栱杙大者曰栱䂬說文水邊石也引春秋傳閼䂬之甲[illegible]瓶也或从缶【四六】蛩蛬蟲名博雅蛩起織或作蛬䱋魚名博雅鯤也[illegible]鹹菹獚獚平縣名在漁陽服虔【四七】說[illegible]馬名青毛善走日千里䑋舟名孑孑孑【四八】井中小蟲蛩蟲名百足也○[illegible]巨勇切穫也文三洪凝也[illegible]曲輈一曰車輞○擁擁[illegible][illegible]委勇切說文抱也或作擁[illegible][illegible]亦書作[illegible][illegible]文十八臃臃腫肉起灉水聚雍雝【四九】也祐也壅廱邕堨塞也或作廱【五〇】邕通作雍[illegible][illegible]蟲名廣雅蛬也一曰蛘也或作[illegible]噰氣咽塞翁

【五一】鸎　【五二】毋

【一】講　【二】耩　【三】[illegible]　【四】很

葱白色饔飬類[illegible]吳王孫休子字𩟗食饐也[illegible]雲氣○湩覩鴻切乳汁一曰水濁文三[illegible]石墜聲揰擊也○[illegible]乃湩切博雅[illegible][illegible]【五二】多也文四繷博雅紛繷不善也癑說文痛也[illegible]多毛犬○鴤母湩切鳥名似鷹而白【五一】或書作[illegible]文二[illegible]豐大也

三

○講【一】古項切說文和解也一曰謀也習也文九港溝水分流也或作溝傋佬傋不媚皃耩【二】耩耕也或从禾虹螮蝀也鄭司農[illegible]虹𧈧天或書作[illegible]【三】顜覯明也和也直也史記顜若畫一或从見【四】通作講○傋虎項切佬傋不媚文七[illegible]【四】[illegible]傋佷戾[illegible]扛山東謂擔荷曰[illegible]或作扛通作傋[illegible]肥皃[illegible]邪視[illegible]

〔一六〕乚　〔一七〕鉐　〔一八〕皃　〔二〇〕本　〔二一〕大　〔二二〕稖　粨

翁頏多力　○慃㑸翁乚　鄔項切慃講很戾或从人从乚〔一六〕文六　䨇　色深惡皃　勜　翁頏多力　𪌤　䨇䵺多也　○項　戶講切說文頭後也亦姓文六　鉐〔一七〕　說文受錢器也古以瓦今以竹一曰鉐如瓶可受投書　蒚　艸名〔一八〕以葵　頏　翁頏多力　澒汞　水銀〔一九〕或作汞　○綁䩬　補講切小皃皮履一曰枲耳〔二〇〕平履或从皮亦書作𧝓文三〔二一〕　𩑶　也　○棓　𨚮〔二二〕棒柈　部項切說文棓也謂木杖或作𨚮亦从奉从丰文十七　拌　打也　䅣　秬〔二二〕屬　玤珜　說文石之次玉者以爲系璧或作珜　庢　周地名通作玤　蚌　蜯　鮮硥蛖　說文蜃屬一曰美珠或作蜯鮮硥蛖　㥈怦　㥈慃很戾或从丰　砗　石　○佬　母項切佬傋不媚文七　硥　石皃　鵤雗　鵤鳨鳥名似鷹而白或从

〔二三〕佳　〔二五〕引　〔二六〕剌　〔二七〕丫　〔二八〕攓　〔三一〕䇾

佳〔二三〕　䏙朦　豐肉或作䑃〔二四〕　庬　豐也厚也詩爲下國駿庬徐邈讀〔二五〕　○攮揰　匿講切揰也剌〔二六〕也或作揰文四　𩫖　䨇䵺多也　饟　河朔謂強食不已曰饟　○控　克講切打也文三　㟅　山皃　㱿　堅固也〔二七〕　○㩳　普講切擊也文一　○聳　雙講切博雅聾也〔二八〕　攓〔二八〕　執也　傱　齊立皃　○傯　初講切衆曰欲也悚也文三　䇾　帆張也　齊也文二

四　○紙帋　掌氏切說文絮一苫〔三〇〕也釋名紙砥也平滑如砥一說古以擣絮蔡倫後以敝罔樹膚爲之一曰姓也或从巾文二十九　砥〔三一〕　石　坻　平也　坻　隴阪　汦〔三二〕　說文箸也　沢　水名山海經拘扶之山沢水出焉或从水　只㞎　說文語已詞或作㞎　咫

〔四〕手　〔六〕尺　〔七〕積　〔九〕毆　〔一一〕毇　〔一二〕軌

郰阯說文中婦人手長八寸謂之咫周尺也或作郰阯　抧說文開也　抵抵
觝扯說文側擊也或作抵觝扯　枳說文木似橘一曰枳首蛇名一曰縣名在巴　軹
說文車輪小穿也一曰地名通作枳　恀怟爾雅恀怙恃也或从氏　鴃鴃鵌鳥名赤足
𧩛禦梵　積說文多小意而止也一曰木枝曲　氏姓也　祇辭也易無祇悔馬融
讀　疷說文毆傷也　訳廣雅調也　菧菧薜艸名小萍也　蚔毒蟲名
○弛㢮𢐗賞是切說文弓解也一曰捨也或作㢮𢐗文十八　豕豕說文彘也
竭其尾故謂之豕象毛足而後有尾古作豕　阤壞也　施捨也改易也通作弛　鉹
鉽爾雅鬵鉹也或作鉽　侈大也一曰鐘形中央約　豨豨韋氏帝王號李軌說

〔一三〕謂　〔一四〕象　〔一五〕郢　〔一六〕夾　〔一七〕涼　〔一八〕姑　〔一九〕兒　〔二〇〕美女　〔二一〕衰　〔二二〕彖

通作豕　胣肔刳腸也莊子萇弘胣或作肔　𠩫厚謂人名莊子有謂厚或从广
𤵸衆皃一曰自放縱　豙豕屬　㥴不憂事也　○侈奓㑄敞介切說
文掩脅也一曰奢也大也或作奓古作㑄文二十四　𨛖有大度也　㢋厚說文廣也引春
秋國語俠溝而㢋我或省　哆衆意春秋傳於是哆然外齊侯也一曰張口一曰大皃　誃
謻說文離別也周景王作洛陽誃臺或作謻　拸說文恃也謂恃土地　恀恃事曰恀
滯沾滯音不和　姼說文美女也一曰姑姼輕薄　㛍姜母曰㛍通作姼　鉹
鉽說文曲鉹也一曰鬵鼎一曰小刀或从氏　炵說文盛火也　胗肉物肥美也
袳移𧜵說文衣張也引春秋傳公會齊侯于袳或作移𧜵亦書作袲　豙豕屬

〔二三〕埥

〔二四〕「色」月

〔二五〕鍚

〔二六〕尓

茈 茈虒不齊也 疷 欧傷 ○是昰 上紙切說文直也亦姓古作昰文十九

諟惿 說文理也一曰正也審也或从心 氏阺 說文巴蜀山名岸〔二三〕脅之旁箸欲落蠐者曰氏引楊雄賦響若氏隤或作阺氏一曰姓氏也姓王者所賜氏以王父字爲之 跃 說文封也

偍 一曰行也 媞 說文諦也一曰妍黠也一曰江淮之間謂母曰媞 㛂 美女一曰積聚

一曰南楚謂妻母曰㛂 恀怟 侍事曰恀或从氏 禔 美衣服皃 鯷 魚名重千斤

狏 狼屬似狐白色〔二四〕尾長見則有兵 踶 牛展足謂之踶 𨁂 彈也 ⿰米是 黏也

崼 山也 ○舓〔二五〕䑛舐𦧇 甚尒切說文以舌取食也或从也从氏从是文五 狧 犬以舌取物

○尒 忍氏切說文詞之必然也通作爾亦書作尓〔二六〕文八 爾 說文麗爾

集韻上聲上　十二

〔二八〕迹

〔二九〕屣

〔三〇〕緇

〔三一〕伯

〔三二〕襂

〔三四〕䘹

〔三五〕⿰麥差

集韻上聲上　十二

猶靡麗也一曰汝也从冂从㸚介聲或省 邇〔二七〕逯迩〔二八〕 說文近也古作逯或作迩 薾 說文華盛引詩彼薾維何 嬭 姊謂之嬭 ○躧⿰革麗〔二九〕蹝 所綺切說文舞履也或从革从徙文二十二

⿰革徙 說文鞮屬謂革履也 屣 屣不躡跟也 灑 汛也落也爾雅大瑟謂之灑言琴瑟多變聲流離布出如灑也

簁籭 說文簁箄竹器也或作籭 纚縰斯 說文冠織也謂以緇〔三〇〕帛韜髮或作縰斯 矖覼瞇 視也或作覼瞇 蓰 物數也五倍曰蓰孟子或相倍蓰或相什百〔三一〕

攦 折也莊子攦工倕之指徐邈讀 釃 說文下酒也一曰醇也 ⿰角麗 分也 漇 潤也 ⿱罒麗 溼也 襹 襂〔三二〕纚旌旒皃 ⿰彳徙 毛垂皃 ○⿰扌此 阻氏切說文捽也

跐 蹈也 ⿰衤此 䘹〔三四〕也 ⿰麥差〔三五〕⿰白差 磨麥也或从白 ○揣𢿱揣 楚委

文五

【三七】危

【三八】⿰馬𠂹　𠂹　⿰𠂹馬

【三九】⿺尢氺　⿺辶氺　⿺尢旦【四〇】闕\【四一】鍛

【四三】鍛

【四四】縈

切說文量也度高曰揣一曰捶之或从攴古作揣文七　蝪蟲動皃　揣【三六】捶也剟也　鬌

髮好皃　髲鬣如粟　○捶棰主縈切說文以杖擊也或【三七】从木文十【三八】四　箠

說文擊馬也一曰策也或从艸　【三九】𦓟𦓡小巵或从專　𩣺⿰馬𠂹【四〇】說文馬小皃籀

文从來或書作騋　睡博雅舂也　⿺尢氺⿺尢氺⿺尢旦小皃　沝說文二【四〇】水也\【四一】　錘鍛【四二】也　諈

諈諉煩重皃　揣治也　○菙⿱垂巫是捶切木名周禮有菙氏共荊【四三】菙以灼龜或作⿱垂巫文

八　娷不悅皃　壝土埒　箠馬策　錘鍛【四四】也　捶以杖擊也　⿰禾垂博雅積也

○縈橤乳捶切說文垂也或从木文九　⿱艹縈蘂艸木華縈【四五】或作蘂通作橤　⿺豸垂

艸秀不實　蕊艸木叢生皃一曰香艸根似茅蜀人所謂葅香　⿱惢刂柔弱也　惢竹葉

【四五】垂

【四七】⿰弓璽

【四八】絜

【四五】再生曰惢　橤木名　○⿺辶止⿰彳止徙屎⿺辶屎想氏切說文迻也或从彳亦作徙古

作屎𨗜文十五　璽壐說文王者印【四六】所以主土籀从玉　𥓌𥓌氏館名　伵傂

佌說文小皃引詩伵伵彼有屋或作傂佌　⿰弓璽【四七】弛弓　蓰艸名　杫⿰木徙木名可以

爲器或不省　○此淺氏切說文止也从止从匕匕相比次也文十七　佌伵傂小也

詩佌佌彼有屋或作伵傂　跐履也或書作踶　𧺠說文淺渡也　泚水清也　⿱此夫

直大也或書作奞　【四八】鴜鳥名或書作⿱此鳥　⿰此馬說文馬名　⿱此巾巾也一曰布名　玼

玉色鮮絜或从白　皉　⿱此女舞也一曰婦人皃　茈茈虒不齊也通作佌　坻阪也

鮆魚名　○紫蔣氏切說文帛青赤色亦姓文二十　茈說文茈艸也一曰薑類一

〔四九〕蕨

〔五〇〕鮆

〔五一〕毋也

〔五二〕殘

〔五三〕牸

〔五四〕咮嘴觜

曰蘔〔四九〕屬 訾⿸疒訾說文不思稱意也引詩翕翕訿訿或从疒亦書作訿 呰說文苛也一曰此也
呰說文窳也一曰短也 批說文捽也 跐行皃一曰足踐也 ⿰氵茈泚水名在〔五一〕長
沙或作泚 鮆山海經汾水多鮆〔五〇〕魚狀如儵而赤鱗 疵毀也通作呰 佌爾雅佌佌小也 毑
姐母也或作姐 飺惡食也管子飺食則不肥 胔〔五二〕鳥胃一曰胃有肉謂之胔或書作骴
枇木名 笓竹名 䘡衣縫 ○ ⿰骨差髓⿰骨青膸選委切說文骨中脂也或
作髓⿰骨青膸髓文十六 瀡齊人謂滑曰瀡 ⿰食青⿰食靑⿺麥遀豆屑和飴也或作⿰食靑⿺麥遀 靃靃靡
弱皃一曰靃靃細皃 ⿱艹靃艸木花敷皃 巂嶲越巂郡名或作嶲 ⿱艹隋博雅蔕也
⿰犭膸⿰犭隨〔五三〕特豚或不省 ○ 觜咮〔五四〕嘴⿰口⿱此束祖委切鴟舊頭上角觜一曰觜觿星

〔五七〕勢

〔五八〕説

〔五九〕弛

〔六〇〕欲

〔六一〕仳

名或作咮嘴⿰口⿱此束文五 ⿱此束說文識也一曰石鍼謂之⿱此束一曰藏也 ○ 惢聚縈切說〔五五〕文心
疑也从三心文三 ⿰犭惢獸名雌狢也 ⿰禾垂禾積也〔五六〕 ○ 撽〔五七〕展豸切博雅刺也一曰至
也文五 ⿰衤敫衸⿰衤敫敝衣 䵭䵭黈艸書〔五八〕勢崔子玉記 ⿰言敫言也 ⿸疒敫下病 ○ 褫
丑豸切奪衣也文九 ⿰虒刂剥也 ⿰角虒說文角傾也 〔五九〕搋扡拸析也或作扡拸 弛
落也 ⿰月施肔刳腸曰⿰月施莊子萇弘⿰月施徐邈讀或作肔 ○ 豸⿰虫豸丈尒切說文獸長脊
行豸豸然〔六〇〕有所司殺形一曰有足謂之蟲無足謂之豸或从虫文二〔六一〕六 芺艸名蔦也 虒委虎
獸名似虎而角出廣陽 廌解廌獸名通作豸 傂伿傂參差皃通作虒 扡析也 ⿰角虒
⿰角豸角不端或从豸 褫奪衣也易終朝三褫之 禔衣厚皃 徥行徛徛謂之徥

【六二】崩　【六三】跂
【六四】肯
【六五】跂
【六六】跂
【六七】你　【六八】絲跌
【六九】椅

䅲黏也　阤陁陊說文小𨸏也【六二】一曰崖際或作陁陊　踶踶跂【六三】用力皃　杝說文
落也一曰折薪　鴩解也春秋傳庶有鴩乎徐邈讀通作豸　蠆毒也郭象【六四】無蠆介於胷
中　簃連閣也　締結也楚辭氣繚轉而自締　虒地名　蚔蟲名蛓也　坁
秦人謂阪曰坁　䝯矛屬　○邐輦尒切說文行邐邐也一曰邐迤旁行連延也文九　峛
峛崺丘名　㸚說文二爻也　⿸疒麗病瘠黑也　欐欐佹支柱也一曰重累　跂踶【六五】跂
用力皃　離離跂【六六】攘劈皃　纚連也　攞折也　○柅乃倚切說文木也【六八】實如梨
一曰椅柅木弱皃文十二　伲儞你【六七】汝也或作儞你　檷鑈絡絲跌一曰所以制動或
作鑈通作柅　⿰衤尼裿【六九】柅衣好皃　旎旖旎旌旗从風皃　狔猗狔弱皃　⿰酉尼⿰酉奇⿰酉尼

【七〇】甜
【七二】迆遝 或作迆
【七三】嫷　【七四】褫
【七五】跂
【七六】逗

香也　呢聲也　抳止也　○酏演爾切說文黍酒也一曰甜也【七〇】賈侍中說酏爲鬻【七一】清文二十三
匜器也說文似羹魁柄中有道可以注水　迆迤說文【七二】衺行也引夏書東迆北會于匯一曰
靡也　⿰言施⿰言匜自得之語或从匜　⿱山施峛崺丘名也　衪衣緣也　胣䐖刳腸
也或作胣　⿰忄虒說文怟愢不憂事也　搋拸拕析也或作拸拕　雉下雉縣名在江夏
也詞也斯也　⿰亻囟小皃　㸚希明皃　嫷【七三】愚戇多態　栘木名唐棣也　褫【七四】
福也　陁阤邪皃或作陁　○企⿱人足跂【七五】遣尒切舉踵也或作⿱人足跂文九　抧
開也　觖怨望也　⿺辶支博雅辟【七七】也　忮害也健也　逗【七六】曲行也　吱行喘謂之吱
○枳頸尒切枳椇木名白石李也一曰枳首蛇名文四　積多小意而止也　汦水名

〔七九〕⿰犭隋⿰豕奇
〔八〇〕一
〔八一〕貐貏貙
〔八二〕窺
〔八三〕踽
〔八五〕貌

鴃 鴃鴂鳥名似鳥赤足 ○葰 尹捶切艸名方言〔八〇〕北燕謂之葰文十七 蓨藬 艸名
說文藍蓼秀一曰蔕也或作藬 莈芨 說文艸之皇榮也一曰艸木華初生者爲莈或从葰省
〔七九〕⿰犭隋⿰豕隋⿰犭隋隊 說文猗也一曰俗呼小猗爲⿰犭隋〔七九〕或省亦作⿰犭隋隊 ⿸疒鳥⿰月鳥 說文〔八〇〕劓裂
也一曰疾〔八一〕⿸疒鳥或作臞 㦤 怒也 嫷 愚戇多態 撱擶 博雅棄也又曰捫也或作撱
貐 貏貐獸名類貙虎爪食人 ⿰食隋 豆屑和飴也 ○⿺走圭跬頃頍窺
蹞 犬蘂切說文半步也司馬法凡人一舉足曰跬跬〔八四〕三尺也兩〔八三〕舉足曰步步六尺也或作跬頃頍窺蹞
文十三 跬奎 跬〔八五〕踵開足皃或省 頍 說文舉頭也引詩有頍者弁 缺 卷〔八六〕幘也結項中
隅爲四綴所以固冠者儀禮緇布冠缺項通作頍 烓 行竈 烓 〔八六〕炊皃 抧 開也 ○禕

〔八六〕⿰扌戲 〔八七〕綺
〔八八〕文
〔九一〕疽
〔九三〕禕
〔九五〕⿺⻌奇
〔九六〕閭 〔九七〕敧 持
〔九八〕庪 〔九九〕輛
〔一〇〇〕褌 〔一〇二〕裿 〔一〇三〕技
〔一〇四〕渠

許倚切臥息聲一曰去涕文三 ⿰扌戲〔八六〕 博雅擊也 噧 氣聲一曰多言 ○綺〔八七〕 去〔八八〕倚切說文繒
也亦姓文〔九〇〕十三 婍 博雅〔八九〕好也通作綺 㰦 〔九〇〕慽倚儉意 ⿺走奇⿺走奇 行皃或从奇 ⿸疒奇
病〔九一〕瘂也 觭 牛角謂之觭一曰角一俯一仰 碕 石〔九二〕皃 齮 齧也 裿 博雅〔九三〕褌襦
謂之〔九四〕襜裿 ⿺⻌奇 蹇也 崎 山形一曰崎〔九五〕錡不安皃 敧 攲敧多少不齊皃 ○掎
舉綺切說文偏引也文十五 ⿺⻌奇〔九五〕 蹇也一曰一足行 踦 博雅脛也何休說閉一扇開一扇一
人在外一〔九六〕在內曰踦門 敧〔九七〕 去也一曰不平 婍 棄也 剞刻 說文剞劂曲刀也或作刻
庋庪〔九八〕掎攱 閣藏食物也或作庪掎攱 觭 得也〔一〇一〕禮觭〔九九〕 軹 車輪小穿也
裿 博雅褌〔一〇〇〕襦謂之襜裿〔一〇二〕 枳 枳椇木〔一〇三〕名一曰白石李 ○技〔一〇三〕 巨綺切說文巧也通作伎文十

四　妓姼　說文婦人小物也或从多　徛〔一〇五〕　舉脛渡也　伎　說〔一〇六〕文與也引詩⿱⺮匊人伎忒　錡　釜也方言江淮陳楚之間謂之〔一〇八〕錡　倚　立也易〔一〇七〕叄天兩地而倚數王肅讀　踦　足脛也　鬾　鬼服　⿰骨奇　小骨　⿰貝奇　貝名　崎　嶇崎山皃　敧鈘　三足鍑或从金　○倚奇　隱綺切說文依也或作奇通作倚文十九　猗　犗犬一曰猗狔弱皃　椅檹　椅柅木弱皃一曰木名或从旖　旖旑　旖旎旌〔一〇九〕旗從風皃或省　輢　說文車旁也　踦　立〔一一〇〕踦也春秋傳〔一一三〕踦閭而語　漪〔一一一〕猗　博雅瘞也或作猗　⿺辶奇〔一一二〕　蹇也　陭　隑也　⿱⺮倚　博雅⿱⺮倚簜筕篖也　庴〔一一四〕　庋藏也　⿰酉奇　⿰酉奇⿰酉尼香也　裿　裿⿰衤尼衣皃　⿰扌旖掎　⿰扌旖匜不正也或省　○螘⿱義䖵蟻蛾⿱豈䖵　語綺切蟲名說文蚍蜉也或作⿱義䖵蟻蛾⿱豈䖵文二十四　齮⿰齒義

〔一〇五〕徛
〔一〇六〕籀
〔一〇七〕参
〔一〇八〕具
〔一一〇〕傳
〔一一一〕⿸疒奇　〔一一二〕⿺辶奇
〔一一四〕庴

說文盠也或从義亦姓　錡　說文鉏鋤也江淮之間謂釜曰錡一曰鑿屬　敧鈘　說文三足鍑也一曰滑米器或从金　轙钀　說文車衡載轡者或从金獻　艤　南方人謂整舟向岸曰艤通作〔一一五〕檥　檥　幹也一曰木名　⿱義山⿰阝義　岌⿱義山山高皃或作⿰阝義亦書作嶬　礒硪　石皃或　羛　羛陽鄉名在鄴自　⿰女義　婍⿰女義好皃　踦　觸也莊子膝之所踦　綺　闕人名莊子有士成綺　⿱⺮義　竹器　⿰義阝　地名　○頠　五委切說文頠閑〔一一六〕也一曰靜〔一一七〕也文十三　姽　博雅好也　硊磈　碨硊石也或从鬼　⿰危鳥⿰危隹　鳥名鳴鳩也即今布穀或从隹　頍　弁皃　瓦〔一一八〕　屋⿱敄瓦也莊子纍瓦結繩　厃　說文仰也从人在厂上一曰〔一一九〕屋梠秦謂之楄齊謂之厃　峗　峻峗山皃　⿰目爲　⿰目爲⿰目爲目好皃　⿰⻊奎　開足行皃　洈　水名在南郡　○委　鄔毀切說

〔一一五〕檥
〔一一六〕頭　習
〔一一七〕鳰
〔一一八〕瓦

文委隨也一曰棄也任也安也文十五 諉 聲也 骫[一二〇] 說文骨耑骫虞也一曰骫骳屈曲也
𪁺 說文鷙鳥食已吐其皮毛如丸 䍴 羊相積也 蜲[一二一] 蟲名黍負也通作委 崣
嶊崣山[一二二]高皃 萎䓱 藥艸爾雅熒委萎葉似竹表白裏青可啖或作䓱 䅗 多也 磈
碨䃃 磈硊石皃或作碨䃃[一二四] 捼 捫也 㟪 山皃 ○ 蔿 羽委切說文艸也亦姓文
十五 鳺[一二三] 華榮也 薳 說文艸也引春秋傳楚大夫薳子馮[一二五] 寪 說文屋皃亦姓 𨳡
𨷿 說文闢門也引春秋國語𨳡門而與之言亦姓或从毀 鄬[一二六] 地名 隝 阪名在鄭地 𧳟
豕名 㒞 動搖也 瘑[一二七] 說文口咼也 篙 筍皮 瘍[一二八] 病也一曰瘡裂 撝 裂也
嬀 愚也 ○ 毀毀[一二九] 虎委切說文缺也一曰壞也古从壬文二十 毇𣫒 說文米一

[一二〇] 骫 奊
[一二一] 羞　[一二二] 委
[一二三] 瞗
[一二七] 瘍
[一二九] 毀 毀 壬

斛舂爲八斗一曰饘也或作糳 諻譭 謗也或作譭通作毀 嫛 說文惡也一曰女字[一三〇]試書
作𢷾 擊 說文傷擊也或書作𢷾 燬煋㷇 火也或作煋㷇 烜 取火宮[一三一]名周禮司烜
氏掌以夫遂取明火於日 檓 木名爾雅檓大椒今椒樹叢生實大者名爲檓 𪁺 鳥食吐毛如丸
礣 敗也列子事之破礣 穀𥽉𥳏[一三二] 舂謂之穀或作𥽉亦省 䔇 艸名 祪 遷廟
也通作毀 ○ 𢓜𢓨䤸䤸[一三三] 苦委切博雅傷[一三四]也一曰跛也[一三六]或从委亦作䤸䤸文十二 蛫
蟹屬 跪[一三五] 說文拜也 郇 陸郇山名 頠 面頠也一曰厚也爾雅貝蚆博而頯 魏[一三七] 細也秦晉
之間凡細而有容謂之魏 奎 奎踽開足行皃薛綜說[一三八] 垝陒 毀垣也或从𨸏 ○ 詭謉
譌 古委切說文責也一曰詐也或从鬼从爲文三十三 佹 恑異也 姽 說文閑體行姽姽也

[一三〇] 宫
[一三二] 𥷹
[一三三] 𢓜 𢓜　[一三四] 券跛
[一三五] 拜　[一三六] 䪏　[一三七] 𡜍
[一三八] 曰

【二三九】庪
【二四〇】庪
【二四一】此
【二四二】垂
【二四三】鐵
【二四四】染
【二四五】⿰危欠
【二四六】⿰足長跽

恑說文變也一曰悔也庪【二三九】庋攱閣藏食物或作庋攱⿰礻支【二四〇】祈祭山名或作祈
通作庪庋⿱宀危通也祪說文祔祪祖也一曰毀廟主佹攱重累也一曰依也或从支
⿰扌危毀撤也垝陒說文毀垣也引詩乘彼垝【二四一】垣或从𨸏⿰危阝山海經綸山東【二四二】有陸⿰危阝山
通作陒⿱穴危穴也⿰金危說文逕【二四三】一曰瑩鐵桅說文【二四四】黃木可染者⿰矛危短矛洈
說文水出南郡高城洈山東入繇觤⿰羊危說文羊角不齊也或从羊⿰危鳥鷤鴂鳥名子規也
蛫說文蟹也一曰蟹六足者一曰鼠負也一曰猨類一曰獸名似龜善禦火蟡涸水之精曰蟡⿰危欠【二四五】
疲極也跪⿺走危張【二四六】跪也或从走⿰革危韉也○跪⿺走危巨委切張跪也或从走文四
峗硊山皃或从石○俾補弭切說文益也一曰俾門侍人文十六⿰彳卑卑使也

集韻上聲二　十七

集韻上聲五　十八

或作卑通作俾⿺走卑博雅嶲埤容【二四七】也捭挾持也【二四八】髀⿰足卑脾說文股也或从足从
肉崥山足也一曰兩石間鞞【二四九】劒削方言自關而西謂之鞞箄說文篧箄也博雅箄
篗篆【二四九】方言笨箄析也⿰黍卑說文黍屬⿱艹庳【二五一】萆艸名爾雅萆鼠莞可以爲席【二五二】或作萆
⿷匚卑籠也⿰启卑胲【二五〇】也○諀吡普弭切博雅諀訾毀也或作吪文十六⿰卑頁傾頭
也⿰角虒角傾也⿱山肥【二五三】山摧也庀庇比治也【二五四】具也或作比疕說文頭瘍
也一曰痂也仳別也詩有女仳離⿰言比⿰言匕言具也或省敉爾雅撫【二五五】敉撫也孫炎讀
⿰足卑【二五六】形下大也蚍芘艸名爾雅莪蚍衃或作芘○婢部弭切說文女之卑者也文七
庳說文中伏舍一曰屋庳通作埤⿰足卑卑形下大也或作卑通作庳⿰庳攴⿰庳攴跬用力皃

【二四九】折
【二五〇】胲
【二五二】⿰言呈
【二五三】⿱山肥
【二五四】庇
【二五五】憮
【二五六】鍾

〔一五七〕亩人 〔一五九〕歙 〔一六〇〕沔 〔一六一〕瀰 洋 〔一六二〕闢 〔一六四〕咩 〔一六五〕熟 〔一六六〕笑 〔一六七〕絲 〔一六八〕瓕 〔一六九〕别 〔一七〇〕析

埤田百畮〔一五七〕謂之埤 髀股也通作𨈆 ○弭𢐀母婢〔一五八〕切說文弓無緣可以解轡紛者

古从兒通作彌文二十五 湏說文飲〔一五九〕也周禮大湏謂浴尸也 渳水名入洛通作沔〔一六〇〕 瀰

瀰洋沔水盛皃或作瀰洋沔〔一六一〕 敉侎㥜說文撫也引周書亦未克敉〔一六三〕公功一曰

也安也或从人从心 佴厲也〔一六二〕闢褊狹也一曰智少力劣而爭 罙冒也 芈咩〔一六四〕

說文羊鳴也亦姓或作咩 ⿱宀靡孰寐也 蝆蟲名爾雅蛄蟹強蝆今米穀中小黑〔一六五〕蟲一曰蝆蝆螗

蜋也〔一六六〕 葞爾雅葞春艸 彌辟止也周禮彌災兵或作辟通作弭 髀股也 檷

絡絲〔一六七〕具〔一六九〕 瞇眇目也 瓕〔一六八〕弛弓 ○彼補靡切說文往有所加也一曰對此之稱文八

⿰歺卑說文裂也 彼埤倉邪也 柀木名說文檆〔一七〇〕也一曰折也 罷⿰亻罷遣有罪也

〔一七二〕綼 豸 〔一七六〕骩 〔一七七〕姊 〔一七八〕錺

或从人罷亦姓 貏〔一七一〕貏豸漸平兒 綼〔一七二〕錦屬 ○⿰歺皮〔一七三〕普靡切折也文七 披

裂也 菠艸名 紴錦屬 柀柀黏木名 秛租也 頗闕人名〔一七四〕春秋傳楚有薳頗

○被部靡切寢衣一曰及也亦姓文八 蘢艸名 罷〔一七五〕弱也易或鼓或罷徐邈讀

一曰散也春秋傳布路而罷一曰遣有罪 貏貏豸漸平兒 埤下濕也春秋國語松栢不

生埤 ⿰歺皮折也 骳骩〔一七六〕骳曲也 庳舍下也 ○靡母被切說文披靡也一曰靡曼

美也一曰無也文十五 ⿰山靡山名 ⿰足靡⿰彳靡⿰彳麻行皃或作⿰彳靡〔一七七〕⿰彳麻通作靡 ⿰米靡碎也

孊女字漢許〔一七七〕皇后姊孊 ⿸麻耳說〔一七八〕文乘輿金馬耳也 寐⿱宀靡孰寐也或作⿱穴靡 ⿰麻攴

曲也 蘼艸名爾雅蘠蘼虋冬通作蘼 縻散也易吾〔一七九〕與爾縻之徐邈讀 灖水流

〔二〕香「日」　〔三〕恉

〔四〕詣

〔五〕格

〔六〕胃

皃旇旌旗皃〇𤢖䝼〔一〕直婢切狛豝也或从豕文三𥝩小積也〇萎女委切艸名爾雅熒委萎或作䔈文二〇鮆自爾切刀魚也文一

五〇旨香〔二〕𣅀𣅃𣅊𣅓軫視切說文美也古作香𣅀𣅃「日」𣅊或作𣅓文十九恉〔三〕說文意也通作旨指脂說文手指也或从肉祁地名詣〔四〕說文詣也厎砥說文柔石也或作砥厎一曰定也耆致也通作厎蓍茋蒈艸名萍也或省栺〔五〕木名

氐氐道地名在廣漢鞊蓋杠絲也〇矢笶𢎘𠂱矧視切說文弓弩矢也从入象鏑括羽之形古者夷牟初作矢或从竹古作𢎘𠂱矢一曰陳也敍〔六〕十一芺說文菜也菌

屎𡲻𡳐𡳑說文糞也从艸胃省或作屎𡲻𡳐𡳑通作矢䂖石墮聲〇視

〔七〕膪　〔八〕軌

〔九〕微　〔一〇〕𣲖𣲖泹

〔一一〕泹𣲖泹　〔一二〕𣦸

〔一三〕稷

〔一四〕朿　〔一五〕兕兕〔一六〕字

〔一七〕狂

眎眡䀢善旨切膳〔七〕也比也或作眎眡古作䀢文五鉃箭鏃〇水數軌〔八〕切說文準也北方之行象衆水並流中有微〔九〕陽之氣也文四笍竹名𣲖〔一〇〕𣲖泹短皃準平也一曰車轄脊〇泹〔一一〕汝水切𣲖泹不停水短皃文一〇死〔一二〕𣦸薨想姊切說文澌也人所離也古作𣦸薨文三〇姊蔣兕切說文女兄也文四秭說文五稷〔一三〕為秭一曰數億至萬曰秭

第牀也方言陳楚謂之第朿〔一四〕止也〇兕〔一五〕𧰼光雉序姊切獸名說文如野牛而青象形與禽离頭同一說雌犀也古作兕𧰼或作光雉文十羠說文騬羊也猍豶豕薙茇艸也芺䒗艸名蒿也或从矣〇趡取水切說文動也引春秋傳盟于趡趡地踓狂〔一七〕走一曰蹩也〇濢祖誄切說文小溼也文九膵博雅膵髁名文二

【一八】膌　【一九】喙
【二〇】嵛
【二二】兩「　【二一】繃
【二六】數剌
【二八】乜
【二九】鷄　【三一】鳩　輪　伊　【三〇】丈
【三二】滍　【三三】陸

骨【一八】也一曰肥實謂之膟　翬　鳥喙【一九】一曰鳥聲　璻　玉色　䘒脧　赤子陰也或从肉【二〇】　嶊

佳　山皃或省　嶉　山曲也【二一】　○嶵　粗誄切㠑嶵山皃文一　○黹絺希

展几切說文箴縷所紩衣或作絺希文十五【二二】　襔𦅃黴　說文紩衣也或作𦅃黴　夂　說文

从後至也象人兩【二三】【二四】「兩脛後有致之者　䞒　財物相當　鑈　鑽也　𢿿　說文凝刺也　栺　也

鵗　雉名通作希　黐　黐黊艸書勢　樠【二七】　木枝【二六】　軝　大車後至【三〇】　○鼈鬑　楮几切移

蠶也或从蠶文二　○雉鵜鵗鷄　直几切鳥名說文有十四種盧諸雉喬雉鳴雉鷩雉

秩秩海雉翟山雉翰雉卓雉伊洛而南曰翬江淮而南曰搖南方曰𩁹東方曰甾北方曰稀西方曰蹲古

从弟或作鵜鷄雉一曰陳也理也文十一　○滍【三二】泜　說文水出南陽魯陽堯山東北入汝或作泜　陸【三三】

【三四】鞋
【三七】村　【三八】篗
【三九】壁
【四〇】坺　【四一】壁
【四三】乜　【四四】櫐

山【三四】名　鞬　騄具　薙　芟也　埃垁　城三堵也太玄閑黄埃或作垁通作雉　○履屨【三五】

顫頭後屐　兩几切說文足所依也或作履古作顫題頭【三六】屐履文六　○柅　女履切說文木

也【三七】實如棃一曰止車輪木文七　檷鑈　絡絲柎或从金【三八】通作柅　𧦝呢　言以示人或从口　抳

博雅止也一曰手指物　杘　說文篗柄也通作柅【三九】　○壘　魯水切說文軍壁【四〇】也亦姓文四十【四一】

垒　說文垒墼也　厽　說文絫坺【三九】土爲牆壁象形　絫累　說文增也絫十黍之重也或作

累　礧𡾋壘嵬嵬　碨礧山皃或作𡾋壘嵬嶊通作壘【四二】　藟蘽　說文艸也引詩

莫莫葛藟一曰秬鬯或作蘽　蘲櫐藟　說文木名爾雅山櫐似葛虎櫐有毛刺或省蘽作藟

藟　山海經藟山其上有玉　膘　皮起也　樏　山行所乘一曰盤隔器名一曰木實　灅

〔四五〕纍网

〔四六〕魁

淉漯水波涌起皃 漯灅瀥 水名出鴈門或作灅瀥 雷 推石下也 礨 礨空

小穴一曰小封也 畾 田間謂之畾 轠 轤車 讄課讄譹 說文禱也累功德以求福引論語讄曰禱尓于上下神祇或作課讄譹通作誄 誄 說文謚也 耒 田器 鸓蠝

𤢖傫䨻鸓 說文鼠形飛走且乳之鳥也一曰以其髯飛或作蠝𤢖傫䨻籀作鸓亦書作鸓

狫蜼 獸名似狖卬鼻長尾或从虫 傫 姓也春秋傳飲之無傫氏 纍纍 法也一曰法可以纍〔四五〕兩人心李舟說或从絫 㶟 〔四六〕魁㶟喪家之樂 ○唯 愈水切說文諾也文十九 鷕〔四七〕

雌雉鳴 嫣 愚而多態 蜼 獸名爾雅蜼卬鼻而長尾 踓趡 走皃或从走 壝 埒也

遺 遺遺魚行相隨皃一曰魚盛謂之遺一曰水流皃一曰膏液 鰖䲨䲨 魚始生者或作

〔四八〕烏

〔五〇〕土

〔五一〕又

〔五二〕笑

〔五三〕韡 卧

〔五四〕髤

隤隤 蓷 說〔四八〕文菜也一曰似馬韭而黃 沇 沇溶水流潤谷中 揹擿〔四九〕 博雅棄也

或作擿 癄 創裂一曰病也 抁 揣也動也 遺 饋也 蠵 蟲名似蜥易有文 ○𥉚

虎癸切恚視也文二 婎 姿婎自縱皃 ○癸[illegible] 〔五〇〕頸誄切說文冬時水上平可揆度也一曰

北方之日古作䉬〔五一〕文三 湀 水通流 ○揆 巨癸切說文葵也一曰度也文六 楑 說文

木也一曰度也 㥨 㥨㥨竦悸也 嫢 好也小也一曰秦人謂細而有容曰嫢 湀 說文湀辟深水

處也 猤 獷悍也 ○歀歀 隱几切歀歔驢鳴或省文二 ○唏 許〔五二〕几切博雅笑也一

曰哀而不泣文五 縡〔五三〕 息也一曰卧息聲 𩎟 渧也 攕 擊也 謕 語也 ○几

舉履切說文踞几〔五四〕象形周禮五几玉几雕几形几髤几素几文十 机 說文木也 𨚍 說文地名

〔五六〕麔　〔五七〕巽　〔五八〕跪　〔五九〕郎

〔六〇〕畀　〔六一〕軌

〔六二〕軌

[五五]屼說文山名一曰女屼山弱水所出𡰻屗赤舄或作屗通作几麀鹿二歲曰麀

[五六]麔麂說文大麋也狗足或从几犰獸名兔喙而蛇尾○跽𨁈巨几切[五九]說文長

跪也或作𨁈文七鄖山名[五七]巽踑說文長踞[五八]也或从足亦書作巷郎邑名在河

南[六〇]畀舉也○洧羽軌切說文水出潁川陽城山東南入潁文五鮪魚名說文鮥也

引周禮春獻王鮪一曰水名鞏縣西北臨河有周武山武王伐紂使膠革禦之鮪水上蓋其處也相傳山下

有穴通江穴有黃魚春則赴龍門故曰鮪岫今爲河所侵[六一]不知穴之所在痏說文疻痏也蒴

黃色侑祐也○巋苦軌切山小而衆曰巋一曰高峻皃文六蘬艸名爾雅紅蘢古其大者

蘬櫃椐櫃木名頯大朴皃莊子而顡顡峞峞巍山皃䚷視皃○軌

集韻上聲五　二三

〔六四〕簋　〔六六〕宂

〔六九〕鄙

〔七〇〕啚

衏边矩鮪切說文車徹也[六三]或作衏边文十九[六四]簋匭朹說文黍稷方器也古作匭

朹通作匭匭匣也[六五]晷說文日景也[六六]宄窓㚇說文姦也外爲盜內爲宄古作窓㚇

[六七]𣿖竦身也厬𣿖漸沆說文仄出泉也或作𣿖漸沆氿說文水厓枯土也引

爾雅水[六八]點曰氿䡈香艸頯顴骨中央廣而兩耑銳者○鄙[六九]補美切說文五酇[七一]爲鄙文

十三[七〇]啚啚說文嗇也古作啚通作鄙娝姓也肥薄也列子口所偏肥通作鄙痞

痞腸中結病或作痞仳離也秕粃穀不成者或从米沘水名北至壽春駓

獸趨行皃否惡也○嚭噽普鄙切說文大也引春秋傳吳有太宰嚭或从丕文十六秠

䅡黑黍也爾雅秠一稃二米或从否疕創也𡵀壞也𡵠岥方言南楚謂器破未

集韻上聲五　二三

【七二】帝　【七四】嶏[illegible]

【七五】貂　豼

【七六】熟

【七七】敘

【七八】匕　柶

離曰妝或从皮　岯伾山名或从人　仳說文別也引詩有女仳離　庇比庀具也或作
比庀　訛[七二]訛言具也或省[七三]　○否部鄙切塞也文十八　痞說文痛也　仳離[七四]也
妝齊楚謂壆曰妝　帔幓裂也　圮[illegible]說文毀也引虞書方命圮族或作[illegible]　嶏
說文[illegible]也　貊獸名豼也方言[七五]北燕朝鮮之間謂之貊　芰艸木枯落　娐㛅餓死或作
嫛　岯𩜁坯伾山一成曰岯或作𩜁坯伾　⿰丕瓦瓶也　駓駓騃獸行也　○美
母鄙切說文甘也从羊从大羊在六畜主給膳也美與善同意文九　媺善也通作美[七六]　媄說文
色好　渼水名在京兆一曰水波　䒽艸名　犛獸名似牛　寐孰寐也[七七]　眯
物入目病　敏疾也　○匕補履切說文相與比叙也[七八]亦所以用比取飯一名柶文二十四

集韻上聲五　二五

【七九】頭

【八〇】柹

【八一】軌

【二】止

比夶並也古作夶　帔說文幓裂也　妣妐說文殁母也籒省　⿰示比⿰礻比說文
以豚祠司命引漢律祠⿰示比司命或省　枇朼所以載牲體或省通作匕　秕粃⿰禾匕[七九]說文不成
粟也或从米亦省　⿰酉比⿰酉匕酒名或省　沘水名在廬江灊縣　疕說文瘍也一曰頭痛也
髀⿰足卑說文股也或从足　潎以水激物　魮魚名尾有毒　紕說文氐人綱也　芘
艸名　牝獸雌者牝　○牝並履切畜母文三　蜌小蛤　⿰犭比獸名似豕　○柹[八〇]
側八切削木餘也詩傳許許柹皃文二　[八一]緇黑色　○嶊丑水切山皃文一　○峗
藝蕥切山皃文一　○鄙巨軌切山名文一　○⿰木水之誄切閩人謂水曰⿰木水文一
六　○止諸市[二]切說文下基也象艸木出有址故以為足一曰已也文十五　趾足也　阯

集韻上聲五　二四

〔三〕或　〔四〕栿　〔五〕虉　〔六〕㕣　〔八〕上　〔九〕賈

址說文基也或从土　沚〔二〕洔說文小渚曰沚引詩于沼于沚或从寺　時〔三〕說文天地五帝所基址祭地〔四〕右扶風有五時好時鄜時皆黃帝時祭〔五〕一曰秦文公立也　杫板施於礎上柱下者　芷香艸　茝艸名虉蕪也　祉福也　砋擣繒石太玄輡于砋〔六〕石一曰礪石　笁竹名　訨許也　[illegible]水名一曰原名霸陵在其上　○齒𠚕𦥒醜止切說文口齗骨也一曰年也列也古作𠚕𦥒文六　𦺶馬𦺶艸名　紕〔七〕縝苧一紕謂之紕　茝艸名　○始乱乱䛁首止切說文女之初也古作乱乱䛁文五　[illegible]艸名　○市士〔八〕止切說文買賣〔九〕所之也文九　恃㤝說文賴也或从市　畤田際也一曰平時地名　沶縣名　洔潪水中小渚也一曰水暫益未減曰洔或从時　鉓劒名　笫竹名出南

〔一〇〕罷出　〔一一〕瀫　〔一二〕笫　〔一三〕𡍮　〔一四〕瑕　〔一五〕剌　〔一六〕鼇　〔一九〕貄　〔二〇〕叓

方荒中長百圍三丈　○耳忍止切說文主聽也一曰語已詞文八　洱山海經水名在〔一〇〕罷谷山　緝緝緝蠻盛皃通作耳　騨騄騨馬名　珥耳墻　〔一二〕鼰鼰鼸鼠屬一說鼠形如獸　餌米餅　栮木耎　○滓壯〔一一〕仕切說文澱也文十一　第說文牀簀也　〔一三〕𡍮　胏膵胜說文食所遺也引易噬乾𡍮楊雄說𡍮从𠂔或作膵胜〔一四〕　𤵸說〔一五〕文瘕也　䒹說文䓞菜也或作茀　扻戟撮也〔一六〕　𠂔止也　○剚𠜾剚測紀〔一七〕切博雅割也或作𠜾剚文六〔一九〕　𠬪欼欼齘〔一八〕也或作欼欼　○史爽士切說文記事者也亦姓文八　𤝞貄〔一九〕獸名似犬或从豸　使叓說文詅〔二〇〕也古作叓　浭水名在河南　駛疾也　𩡶香之美者謂之𩡶　○士〔二一〕上史切說文事也數始於一終於十从一从十孔

〔二二〕柹

〔二三〕粠

〔二六〕萆

〔二八〕𢡛　〔二九〕堇　〔三〇〕䉡

子曰推十合一爲士亦姓文六　仕說文學也　柹〔二二〕說文赤實果俗作柿非是　危爾雅落時謂之危一曰砌也或書作阤　𨛰鄉名在密縣通作士　事從所務也　○俟說文大也引詩伾伾俟俟文十四　竢粠迉𠈁庈𢊴逘屎說文待也〔二三〕引詩不竢〔二四〕不來或作粠迉𠈁庈𢊴逘屎通作俟　騃獸行皃　〔二五〕屖履也方言西南梁益之間謂之屖　涘說文水厓也引周書王出涘　挨牛一歲謂之挨　硃石隋聲　○枲想止切說文麻也籀作𣏟文十五　〔二六〕萆葈胡葈艸名枲耳也或作葈　葸博雅慎〔二七〕也一曰質𢡛〔二八〕皃　葸葸簩竹名一〔二九〕曰百葉有毒如堇　䉡〔三〇〕謝　崽子也　諰博雅謙也說文思之意也一曰直言　偲利也　屎說文石也　𢜩偲不安也或从人　笥

〔三二〕𢀋

〔三四〕𨐌

〔三五〕朱米

〔三六〕𠃧

〔三八〕𦉭

竹器　𨟻〔三一〕漢侯國名　○子學𢀋〔三二〕祖似切說文十一月陽氣動萬物滋入以爲偁象形古作𢀋文十七　仔仔肩克也　虸虸蚄蟲名害稼　秄耔芓〔三三〕說文壅禾本或从耒从艸　梓榟木名說文楸也或从宰　杍治木器曰杍通作梓　吇吇吇鳥聲　朱〔三五〕說文止也从从朱盛而一橫止之也　阡地名　釨鋅剛也或作鋅　𡵧縣名在犍爲一曰𡵧腸　○佀似以㠯〔三六〕象齒切說文象也或作似亦省古作㠯文三十四　巳說〔三七〕文巳也四月陽氣巳出陰氣巳藏萬物見成文章故巳爲蛇象形　祀禩祠禩說文祭無巳也或从巳从異从司古作禩　姒娰爾雅娣婦謂長婦爲姒〔三八〕婦亦姓古作娰　梠梩　耜耛杞𣏌田器說文𣏌也一曰徙土輦齊人語或作梩耜耛杞𣏌　鈶矛屬　鉊

〔四四〕徵

鉯博雅鉅鋙鋌〔三九〕也或作鈶　攺敪攺大剛卯也　佁至也呂氏春秋俗〔四〇〕𤯝之機高誘讀　氾說文水別復入水也一曰氾窮瀆也引詩〔四一〕江有氾　洍㳄說文水也引詩江有洍或从〔四二〕以　庬鹿二歲名　郘國名　䫂〔四三〕綢頉軓也　枱辝耒耑或作辝通作鈶　杞東楚謂橋曰杞

苢苡薏苢艸名一說禹母吞薏苢而生禹故以爲姓或作苡　○徵〔四四〕展里切宮音所生也亦姓文六　薇艸名紫芎也　𣯷獸毛多曰𣯷　敳尌〔四五〕也　王證也　撖刺也

○恥丑里切說文辱也或作䛐〔四六〕文四　祉說文福也　蚩說文蟲伸行或書作蚩　○峙偫丈里切爾雅供峙具也或作偫文十九　跱峙跱躇行不進也或作峙　䝰[illegible]畜財也或作䝰　恃心不明　庤畤說文儲置屋下也或从田　植持也　待說文待也

〔四八〕王

〔四九〕酉

〔五〇〕㠯用

〔五一〕已

〔五二〕攺

〔五三〕毅

洔說文水暫益且止未減也　痔說文後病也　秲稻名　塒鑿垣棲雞也　滍水名出魯山　騃獸行皃　〔四七〕畤祭處　峙山獨立皃通作峙〔四八〕　○里兩耳切說文居也文十五　理說文治玉也一曰正也文也　𨛫𨹈說文南陽西鄂亭或从𨸏　俚說文聊也一曰下俚或曰南夷種名　娌妯娌娣姒婦也　悝憂也　𤸪爾雅病也　裏說文衣內也

艃䑧艃舟名　李說文果也亦姓古書作杍　鯉𩸞魚名說文鱣也或从裏　梩〔四九〕臿也一曰輂也　𨤲地名　○㠯〔五〇〕以養里切說文用也从反巳賈侍〔五一〕中說巳意巳實也象形或作以文十四　巳止也　佁癡也　攺〔五二〕敪〔五三〕攺大剛卯也　苢苡艸名說文芣苢一名馬舃其實如李令人宜子周書所說或从以　廙石利也　笖筍也　𤝸獠姓　氾洍水決

【五四】驢
【五六】笑　【五七】蟰
【五八】屺
【五九】玉
【六一】芑
【六二】笆　【六三】簞
【六五】萁

復入或作洍　癹張羅皃　屡踞也　○矣羽巳切說文語巳詞也文八　唉
譍辭　莀艸名蔿也　俟大也　㑄哭餘聲【五五】　㥤說文痛聲　欸歑欸騃鳴【五六】　騃
獸行皃通作俟　○喜歖憘許巳切說文樂也或从欠从心文九　訢喜也　唏
方言痛也一曰笑聲【五七】　蟢蟢子蟲名蟰蛸也【五八】　䐖卧息也　譆盛皃一曰熱也　嬉末嬉
夏桀妃字　○起记口巳切說文能立也亦姓古从辵文十六　屺【五九】峐說文山無艸木也引
詩陟彼屺兮或作峐亦書作岂　岂山高皃　玘說文玉也【六〇】　郘縣名在南郡　杞
木名說文枸杞也一曰國名亦姓或作𣏌【六一】　芑說文白苗嘉穀【六二】　已姓也【六三】　苣藥艸
可治金瘍　耜禾名管子其種穋耜　笆篳也　㠱古國名衛宏說與杞同　萁

【六六】芑　【六七】己
【六八】字　【六九】吕
【七〇】謹／有
【七二】讀　【七一】譺
【七四】醫
【七五】你

艸名馬啖之【六六】則馴通作芑　○巳【六七】王苟起切說文中宮也象萬物辟藏詘形也古作王文八　郘
說文南陽縣　紀說文絲別也又國名亦姓　妀說文女字也【六八】　㠯【六九】言也平也　改更也
巹儆也【七〇】身所承也　○擬儗譺疑偶起切說文度也或从心从言亦作疑文十三
儗說文僭也一曰相疑【七一】　薿穊說文茂也引詩黍稷薿薿或从禾　孴孖
說文盛皃一曰若存籒作孴或作孖　嶷聲【七二】　譺博雅調也一曰詒也或書作譺　騃
馬行皃　○譩隱巳切恨辭文五　醫【七四】醷臆和醴酏爲飲也或作醷臆　噫
嘆聲　○芑巨巳切白苗也詩維糜維芑徐邈讀文二　忌戒也　○你【七五】乃里切汝也文一
○弟蕩以切次也悌也文一　○禮鄰以切體也履也文二　醴濁酒　○體

〔一六〕天以切四支也文三涕目汁緹赤色○啓詰以切開也文一○薺茨以切艸
名文一○灖〔一七〕鋪市切水擊絮也文一
七○尾尾屗〔一〕武斐切說文微也从到毛在尸後古人或飾系尾西南夷亦然又姓或作
尾古作屗〔二〕十八浘浘潤海洩一曰水流皃一曰湶底娓說文順也一曰美也䞔赤色荱
艸名⿰食尾食餘⿵風尾〔三〕⿵風尾⿵風尾風偃物亹〔四〕斖亹亹勉也或从文通作娓虋艸名一曰
赤梁〔五〕⿸尸⿱米木〔六〕⿰禾尾廣雅饘也或作⿰禾尾亦書作⿰米尾⿱山尾山名⿱竹尾竹名⿰石尾砡〔七〕⿰石尾磨也梶
樹杪○斐妃尾切說文分別文也引易君子豹變其文斐也文十五⿱非乙〔九〕說文別也一曰鳥名似梟
悱⿰忄匪心欲也或从匪朏說文月未盛之明引周書丙午朏古作蚏菲艸名說文芴也一曰

集韻上聲二　二七

【一七】澈
【二】文
【三】⿵風尾
【四】亹斖
【五】梁【六】⿸尸⿱米木【七】磦
【九】⿱非乙

薄也騑馬名俷背也史記燕主〔一〇〕策曰無俷德蕜博雅悵也棐〔一一〕方言猝也誹
非說文謗也或省痱鬼痛病〔一二〕⿰禾非禾穗皃棐棐林地名○匪⿰糸匪
府尾切說文器似竹篋引逸周書實玄黃于匪或作⿰糸匪通作篚匪一曰非也文十九篚說文車笭
也棐說文輔也榧木名有實出東陽諸郡餥說文餱也陳楚之閒相謁食麥飯曰
餥蜚蟲名爾雅蜚蠦蜰棐方言猝也⿱非蟲蟲名負蠜也或从虫⿱非土
塵也斐文章皃⿱非牛〔一三〕說文兩壁耕也〔一四〕一曰覆耕種也誹謗也䠊刖也⿱非巴
鳥名山梟也⿰禾匪稻名⿱非夫賤事也⿰忄匪心欲也○膹父尾切膗也文十⿰禾糞
稻紫莖不黏者橨⿰舟賁舟邊也或作橨蟦蠐螬也陫⿰阝匪陋也或从匪⿰金非

集韻上聲二　二八

【一〇】王
【一一】卒
【一二】棐　【一四】賦

〔一五〕俷　〔一六〕哭　〔一七〕之也　〔一九〕數也　𢆻　〔二〇〕盭　〔二一〕扆　〔二二〕哭　〔二三〕身

小丁韭塵也俷〔一五〕薄也○豨豨許豈切說文豕走豨豨古有封豨脩虵之害或作狶

文七唏說文笑也〔一六〕一曰哀痛不泣曰唏誒誒誒語也俙僾俙仿佛也䶋卧息

霼雲皃○豈去幾切說文還師振旅樂也一曰欲也登也非也文〔一七〕二萓說文菜之

美者雲夢之萓〔一八〕○蟣蟣蟻舉豈切說文虱子〔一九〕一曰齊謂蛭曰蟣或作蟣蟻文九幾〔二〇〕

𢆻且數古作𢆻機說文禾機也䖒南方之鬼曰䖒一說吳人曰鬼越人曰䖒

〔二〇〕盭血祭謂之盭⿰酉幾酒浮也○扆隱豈切說文戶牖之間謂之扆通作依文十一

依譬喻也扆扆廣雅扆隱翳也〔二一〕或作扆〔二二〕㥋偯說文痛聲也引孝經哭〔二三〕不

㥋或作偯僾僾俙仿佛也⿰身反歸也从反身靉靉霼雲皃⿰阝衣陵名⿰石衣

〔二四〕稟　〔二五〕彤　〔二六〕韡　〔二八〕華　〔二九〕杅　〔三〇〕葭　〔三一〕玩　〔三二〕乾　〔三三〕喂

石聲○顗語豈切說文謹莊皃文二螘蟻蟲名蚍蜉也或作蟻〔二四〕○韙羽鬼切說

文是也引春秋傳犯五不韙籀通作愇文三十一愇恨也偉稟〔二五〕〔二六〕說文奇也一曰美也

或作稟煒說文盛赤也引詩彤〔二七〕管有煒暐光盛皃韡韡說文盛也引詩萼不

韡韡或从華湋〔二八〕說文𣎴也可屈爲杅〔二九〕者葦艸名說文大葭〔三〇〕也通作葦瑋廣雅

瑰瑋琦〔三一〕翫也一曰美玉鍏乾〔三二〕也媁美姿褘重衣皃緯束也䬐

大風謂之䬐徫行皃⿰扌韋逆追也⿰口韋呼聲崴嵔畏山皃或作喂〔三三〕亦

省或書作崀⿱竹畏筐也渨渨㶷水波涌起皃⿰羊韋⿰羊韋羊相逐皃一曰羝也⿰韋鬼

鬼也⿸疒韋弱病⿰牛鬼牛名嵬⿰山鬼山險也或作嵬磈碨石皃或从鬼○

〔三四〕行 或蠃
〔三五〕以
〔三六〕齊
〔三八〕猷
〔三九〕由 陰气
〔四〇〕軌
〔四一〕良
〔四二〕傀

虫詡鬼切蟲屬說文一名蝮博三寸首大如擘指象其卧形物之微細或羽〔三四〕或毛或介或鱗以虫爲象通作虺文十四
虺蟲名說文虺以注〔三五〕鳴引詩胡爲虺蜥〔三六〕
畾蘬罍闕人名仲畾湯左相或作蘬罍通作虺
䨻雷聲
煋〔三七〕燬說文火也引詩王室如煋引春秋傳衛侯燬一曰楚人曰煋或作燬
娓美也
𩲡息卧
卉說文艸之總名
𧿹〔三八〕獸名
𣹈汼水流皃〔三九〕或从卉○
鬼䰟矩偉切說文人所歸爲鬼从人由象鬼頭鬼陰氣賊害从厶或从示鬼一曰遠也慧也文四
𢄍博雅𢄍幃綵也
磈石皃○
嶉子尾切山曲也文二
噿鳥喙○
隹諸鬼切山皃莊子山林之畏〔四〇〕隹李軌讀文一○
𤞶苦虺切犬也一曰〔四一〕恢恑譎怪文一○
壘良斐切山皃文一○
儡魚鬼切儡然意不安定皃文五
𢪱懸也
嵬𡾡山高皃或作巋

〔三〕䂆
〔五〕肩

䃲石皃○
壝欲鬼切起土爲埒也文一
八○
語䂆〔二〕偶舉切說文論也古作䂆文二十三
齬說文齒不相值也
圄說文守之也
圉說文囹圄所以拘罪人一曰圉垂也一曰圉人掌馬者亦姓通作圉
禦說文祀也
篽籞魰篽𦽷說〔三〕文禁苑也引春秋傳澤之目篽或作籞魰篽𦽷
敔梧說文禁也一曰樂器椌楬也形如木虎或作梧
𨰯䥏鋙說文鉏鋙也一曰白錫謂之鋤或不省亦从吾
峿岨峿山皃
𨳲小門
〔四〕𧩄說文行皃一曰縣名在馮翊亦姓
〔五〕𧗳御止也或作御通作禦
㠘山名
〔六〕蘌翳也○
許喜語切說文聽也亦姓文六
鄦䣜說文炎帝太嶽之〔七〕後甫侯所封在潁川或作䣜通作許
滸水涯
𡴯山名
𦺞虎許藥艸

〔六〕麮
〔八〕舉　〔九〕櫸　〔一〇〕舉鬲
〔一一〕箱　〔一二〕篆
〔一三〕筐
〔一四〕盈　〔一五〕⿱日殳
〔一六〕䂓王
〔一八〕釀

續斷也○去弆口舉切徹也或作弆文十紦繼也麮齤〔六〕麥也⿸疒去病也胠腋下鼁⿰虫去蟲名爾雅鼁䵷蟾諸一曰去父〔七〕或作⿰虫去詓聲也紶緒也○舉苟許切說〔八〕文對舉也亦姓或作舉俗作櫸非是文十八⿱舁鬲〔一〇〕支鬲也弆去藏也或作去趄行皃莒艸名說文齊謂芋爲莒一曰〔一一〕國名亦姓筥說文箱〔一二〕也篆〔一三〕說文飲牛筐也方曰筐圜曰篆俗作籚非是柜柜柳木名欅木名拒捍也郘亭名在長沙椐木名腫節可爲杖⿱日皿〔一四〕吳王孫休子字齟齗腫也⿱日廾⿱日殳〔一五〕共舉也古从収○巨〔一六〕榘王臼〔一七〕許切說文䂓巨也从工象手持之或从木矢矢者其中正也古作王巨一曰大也文四十三拒捍也違也通作距⿱巨黑秬說文黑黍〔一八〕一稃二米以釀

〔二〇〕鐘
〔二一〕櫀篋
〔二三〕竇
〔二四〕庄
〔二六〕麼　〔二七〕拍

也或〔一九〕作柜柜說文木也距艍艍說文雞距也或作〔?〕䑛艍歫說文止也一曰搶也超也虡虞鐻鐻櫨簴說文鐘〔二〇〕鼓之柎也飾爲猛獸从虍〔二一〕異象其下足或省亦〔二二〕作鐻鐻櫨簴鉅說文大剛也一曰弓名詎渠說文詎猶豈也或〔二三〕作渠𪗋齗不固曰齟駏⿰犭巨駏驉獸名或作⿰犭巨通作岠粔麮密餌也吳謂之膏環或从麥苣炬⿱竹巨說文束葦燒或从火从竹一曰苣藤艸名⿱艹虞蘧萯蘪艸名或作蘧⿰目巨明也怇慢也⿱罒巨〔二五〕魚罟⿰巨鳥鳥名萬所以正輪者〔二六〕周禮萬之以眡其匡也蚷商蚷蟲名澽博雅曝也⿰酉巨合資而飲謂之⿰酉巨⿰子虎孤也洰水中物粿曰洰⿱巨䖵獸名〔二八〕蹶也遽艸名豦封豕○㩴〔二九〕歔許切廣雅㩴柏擊也文六⿰骨於⿰方胥

〔二八〕肩　〔二九〕⿰歹於站〔三〇〕笑
〔三一〕才
〔三二〕茜
〔三三〕[illegible]
〔三四〕蚣　〔三五〕囟　〔三六〕⿰耳皮
〔三七〕籩　〔三八〕⿱⺮傅
〔三九〕含
〔四〇〕錯　〔四一〕弟

〔二八〕眉骨或省亦書作諝〔三一〕雨水从雲下也⿰歹於〔二九〕站也咲笑〔三〇〕也○胥偦寫與切什

長也有十知者或从人文二十諝㥠說文知也或从心⿸尸子履屬⿰礻胥說文祭具也

稰熟穫曰稰糈⿰疋延說文糧也或从疋醑釃酒也湑說文莤〔三二〕酒也一曰浚

也一曰露皃引詩有酒湑我⿰山胥山名䝓〔三三〕財卜問爲䝓⿸疒胥痛病⿰木胥木名蝑

蚣〔三四〕蝑蟲名⿰囟胥囟〔三五〕也疋足也⿰車胥車下⿰齒胥齒酸也○⿰耳皮〔三六〕此與切皸散也文二

且多〔三七〕皃一曰恭慎詩邊豆有且⿷匚且〔三八〕簿也○苴子與切履中艸一曰艸浮水中文六

⿸广且相依也咀吹咀謂商〔三九〕量斟酌之一曰含味砠⿰石甫砠磑也疽瘻疽痒病蒩

茅藉〔四〇〕祭也通作苴○敘象呂切說文次第〔四一〕也通作序文二十六序⿰阝予⿰土予說文東西

〔四二〕屨夊
〔四三〕釃
〔四四〕蛰
〔四五〕⿰子予
〔四七〕十　〔四八〕祖
〔四九〕蝑

墻也或作⿰阝予⿰土予緒說文絲耑也屖屨〔四二〕說文履屬或从久抒挹也芧柔

木名栩也或作柔藇⿰酉與美也〔四三〕詩與酒有藇或作⿰酉與⿰氵與水名或从與嶼山在

水中鱮⿰魚予說文魚名或作⿰魚予⿸鹿與獸名⿰豸與矛屬沮敗也蝑蟲名爾雅〔四四〕蛰蝨⿰子予〔四五〕

蜙蝑郭璞讀⿰土予博雅反坫謂之⿰土予仔方言豐人楚謂之仔⿰氵予溝也

〔四六〕山海經犲山有堪⿰子予之魚狀如夸父而彘尾一曰魚子杼姓也○咀在呂切說文含味也

文〔四七〕七沮止也壞也一曰丘名水出其後怚驕也趄邪進也祖說文事好也曰祖〔四八〕

厲縣名跙跙跙行不進⿱癶虫〔四九〕蟲名方言春黍謂之⿱癶虫蝑齟嚼也⿸广且相依也珇

玉文○所⿸戶且爽阻切說文伐木聲也引詩伐木所所一曰處也亦姓古作⿸戶且文十一齭

【五〇】櫧　【五一】精
【五二】齗　【五三】蔬
【五四】呪
【五五】栁
【五六】齇
【五七】鼠

齭齒傷酢或从胥也疋足盨【五〇】擯盨負戴器稰博雅饊也俗作【五一】糈非是䟽
胥說文【五二】齭財卜問爲䟽或从胥數目物也蔬【五三】粒也○阻岨壯所切說
文險也或从山文九詛呪【五四】也組相俎說文禮俎也从半肉在且上或从木从【五五】齟
齟齬齒不止跙馬傷足病沮止也一曰沮陽縣名在上谷○楚荊所切說文叢
木一名荊也一曰國名亦姓文十蘆【五六】說文合五采鮮色引詩衣裳蘆蘆褚美皃齭
齼說文齒傷酢也或从楚礎礎石憷痛也或𤻮从疒濋水名𨻻
阪○齟齬狀所切齟齬齒不相值也或从虘文六岨岨峿山形鉏鋤鉏鋙相距
皃或从助跙跙跙行不進○暑賞呂切說文熱也文七鼠【五七】說文穴蟲之總名

集韻二　卷五　三五

【五八】種　【五九】蜼
【六〇】蜡　【六一】痲　【六二】〇　【六三】爨
【六五】毒　【六六】盨
【六九】捣
【七〇】名
【七一】䆿　【七二】弘

黍說文禾屬而黏者以大暑而種故謂之黍孔子曰黍可爲酒禾入水也【五八】⿰虫黍⿰虫鼠【五九】蟲名
博雅蚣蝑蝽蟍一曰蟍【六〇】蝑或从鼠亦書作蟸癙【六一】憂病通作鼠𤸷疾爨暍【六二】【六三】煑
鬻鬻掌與切說文亨也或从火从水在其中亦省文九渚說文水出常山中丘逢山【六四】
東入湡陼爾雅小洲曰陼通作者蠧【六五】惡蟲名庶驅除毒蠱【六六】之言周禮有庶氏
羜五月生羔○杵【六七】敞呂切說文春杵【六八】也文二處說文止也得几而止或从虍
○墅野上與切田廬也或省文八【六九】𪑾黑也紓緩也杼芧木名栩也或作
芧亦書作柔抒說文挹【六九】也一曰除也桃抒物之器○汝忍與【七〇】切說文水名出【七一】弘農
盧氏還歸山東入淮文八女爾也通作汝䆿【七一】楚人謂寐曰䆿𥽉𥽉䊵黏也𥹋

集韻二　卷五

〔七四〕囊

〔七五〕⿰齒宁　甾

〔七七〕穀〔七八〕宀火

〔八〇〕䋈漆其間

〔八一〕𥁕

〔八二〕久

⿱如米蜜餌或作⿱如米　肗魚敗曰鮑肉敗曰肗　茹飤也貪也一曰菜茹　○貯賭著展呂切積也或作賭著通作褚文二十一　褚囊〔七四〕也　⿰衤宁敝衣　⿰巾宁幮覆棺衣或从著　⿰齒宁〔七五〕⿰缶宁說文𥁕也所以載盛米从宁〔七六〕从甾甾缶也或从〔七七〕缶　眝說文長眙也一〔七八〕曰張目　⿰忄宁詝博雅智也或从言〔七九〕　楮柠木名穀也或作柠　⿰虫宁蟲名　宁門屏間曰宁　柱支也　紵檾之粗者史記用紵絮斯陳〔八〇〕　⿰火宁熏也　⿱予木木名栩也或書作杼　坾積塵也　○楮柠丑呂切說文穀也或从宁文四　褚說文卒也一曰製衣亦姓　栩木名〔八二〕作也　○宁丈呂切說文辨積〔八三〕物也文二十四　𥁕〔八一〕⿱宁皿說文器也或省　佇竚从立或作竚　躇⿰止著躊躇進退皃或从止　眝張目也　坾積塵　芧苧說文

〔八四〕緒

〔八五〕膂　故　臣

〔八六〕旅

〔八八〕⿱竹⿴囗圂

艸也可以爲繩或从宁　紵⿰糸寧說文檾屬細者爲絟粗者爲紵或从者〔八四〕省　泞澄也　抒挹也除也　⿱予木木名說文栩也通作杼　杼⿱竹宁說文機之持緯者或从竹　羜說文五月生羔　⿰忄宁智也　予闕夏帝名通作杼　著門屏間也通作宁　竚進皃　柠木名梧桐也　○呂膂兩舉切說文膂〔八五〕骨也昔太嶽爲禹心呂之目封呂侯或从肉旅一曰呂陰律也亦姓文二十六　〔八六〕旅魯𣄼說文軍之五百人爲旅亦姓古作魯𣄼　祣⿰礻盧祭名或作⿰礻盧　侶儷也　儢〔八七〕⿰女盧儢儢不欲爲也或从女　启闕人名晉有大夫启　⿰忄呂慢也　郘亭名　⿸疒呂久病　絽廣雅緋也　梠說文楣也　⿰木旅⿰木衣木名中箭笴或省　穭稆禾自生或从呂通作旅　⿱竹旅筥⿱竹⿴囗圂〔八八〕飯器或作筥⿱竹⿴囗圂　⿰女呂⿰女旅醜皃

〔八九〕䵩 〔九〇〕粔 〔九一〕與弇 〔九二〕予 〔一〕麀 〔二〕笑

或作娘䵩〔八九〕細切肉也○女𡰥碾與切說文婦人也象形王育說古作𡰥文五籹𥹋〔九〇〕粔籹餌也或从如𪏺黏也○與弇𢍰〔九一〕演女切說文黨與也古作弇𢍰〔九一〕文二十与說文賜予也一勺爲与通作與予予說文推予〔九二〕也象相予之形伃㐰大也安也或从与㞋履也𧽇說文安行也歟歎也𢡺𢘊說文趣步𢡺𢡺或作𢘊亦書作懙〔九三〕嬩女字䣭美也通作䕏𥢶䕏苗盛也或从艸野郊外曰野轝闕人名春秋傳楚有闇轝罷㒜謹也倚也腴肥也

九○噳麌麌五矩切說文麌鹿羣口相聚皃引詩麀〔一〕鹿噳噳或作麌麌文八俁偊說文大也引詩碩人俁俁或作偊䱷魚名㕶欲笑〔二〕皃喁噞喁魚口聚皃○

〔三〕痀 〔五〕煦 〔六〕䐑 〔七〕祤 〔八〕鄉 〔一〇〕寶早樣

傴痀〔三〕瘟委羽切說文僂也〔四〕或作痀瘟文十噢〔四〕痛聲噢咻迂曲皃鰸魚名嫗以氣曰呴〔五〕以體曰嫗僂手病春秋傳曹公子手僂褔編枲衣竘健也匠也○詡火羽切說文大言也一曰徧也和也文二十㖃昦商冠名或作昦昫日出温也欨吹也或作呴亦省咻休噢咻痛聲或省煦柔也一曰温潤姁說文嫗也一曰佚樂謂之姁膴博〔六〕雅脯也一曰䐑肉大臠祤〔七〕祋祤縣名在馮翊陑博雅離也一曰縣〔八〕名在安邑珝玉名栩〔一〇〕木名說文柔〔九〕也其皂一曰樣訏〔一一〕訏訏大也憮媚好也孟康說一曰傲也蝑蜂房也太玄䗃其蝑一曰蟲飛幠覆也○𦐔䖅顆羽切說文蟲蠱也或从蟲文九踽說文踈行皃引詩獨行踽踽趜跔行皃或作跔竘說文健也一曰

〔一三〕斷
〔一四〕稜椒
〔一六〕乀
〔一七〕馬駒
〔一八〕北
〔一九〕楀
〔二〇〕蠱

匠也逸周書有竘匠 曲 曲遇地名 齲 說文齲腫也〔一三〕 噢 噢咻痛聲 ○矩 榘 果羽切法也或作榘文二十七 聥 博雅驚也一曰張耳有所聞 䁡 眶 驚視皃〔一四〕或作眶 踽 獨行也 亶 目衺也 翑 鳥曲翎〔一五〕 椒 說文積椒也一曰木名徐鍇〔一五〕曰積椒不伸之意 楀 木名 椇 枳椇木名〔一六〕曰白石李一曰組足曲而下 枸 說文木也可爲醬出蜀一曰枸木飴善釀酒 蒟 說文果也一曰蒟蒻似芋可食 萬 艸也亦姓漢有萬章 岣 岣嶁山名 鄅 國名在琅邪 拒 方陳也史記攻其〔一八〕前拒裴駰說 豿 爾雅豕〔一七〕後足皆白豿 通作翑 拘 拘澗水名東南至邯鄲入白渠 摀 禑 姓也詩摀〔一九〕維師氏或从示通作萬 竘 健也 柜 山海經方山有青樹名曰柜格之松 齵 齲蠱〔二〇〕病 鸜 魚名 篤

〔二二〕窶
〔二三〕樻
〔二四〕夼
〔二五〕朋

篤篓䙀車輞則也 苟 艸名 ○窶〔二二〕 郡羽切說文無禮居也一曰貧窶文七 痀 痀僂身曲病 篓 篤篓䙀車輞則也 貗 獸名爾雅貐子貗 蔞 蔞 艸名一曰木耳或省 樻〔二三〕 樻匱負戴器 ○羽 王矩切說文鳥長毛也一說北方之音文二十七 禹 夼〔二四〕 禸 說文蟲也从九厹象形古作夼禸一曰夏王之號〔二五〕亦姓 偊 偊偊行皃 頨 說文頭姸也 聥 說文張耳有所聞也 雨 𠕒 𠕒 𠕒 說文水從雲下也一象天冂象雲水霝其間也古作𠕒𠕒𠕒 䨞 說文雨皃方語也〔二六〕 宇 寓 序 庽 說文屋邊也引易上棟下宇籀从禹或並从广 鄅 說文妘姓之國引春秋傳鄅人籍稻 那 說文南陽舞陰亭 祤 殺祤縣名在馮翊 瑀 說文石之似王者 栩 木名柞也一曰栩陽地名

【二八】柎
【三〇】把
【三一】布

楀說文木也萬說文艸也亦姓芋芋尹楚官名迂遠也春秋傳不迂其文
䨏說文水音也通作羽翑艸名○撫⿺辶亡【二七】斐父切說文安也一曰循也或作⿺辶亡文二十【二九】一
柎【二八】樂器也實以糠一曰楄柎棺中方木鴮鳥名㕮㕮咀嚼也拊說文
揗也⿰亡攵說文撫也弣弓把【三〇】中也通作柎拊殕物敗生白也䋠𦄙說文台敝
絜也或从撫省俌說文輔也剖判也【三一】⿺走句⿰音句健也或作⿰音句髻髺髮好也或
作髺䓯剖舒艸名魚薺也尃本也拂也⿰鼓付軍鼓聲喧也嘸不精明也○
甫父匪父切說文男子美稱也从父用或作父甫一曰大也始也亦國名文三十二府說文
文書藏也一曰聚也公卿牧守稱府道德之所聚帑藏稱府財物之所聚亦姓頫俛俯說文

集韻　上聲十五　三八

【三二】字
【三三】黼⿰耑甫
【三五】[illegible]
【三七】⿰甫頁
【三八】鬴⿰鬲釜【三九】滏

集韻　上聲五　三一

低頭也太史卜書頫仰也如【三二】此楊雄曰人面頫或作俛俯【三三】㾈說文俛病也一曰短也俌
輔也腑人之六腑通作府脯說文乾肉也黼黼說文白與黑相次文或作黼
簠𥳑𠤱說文黍稷圜器也古作𥳑𠤱斧鈇說文斫也或作鈇䰹北斗
星名⿱父䖵蟲名食瓜者通作父蚥去蚥蟲名蟾諸也蜅蟹屬鯆大魚䂤
䂤碣磑也郙【三四】說文汝南上蔡亭莆艸名說文萐莆也㕮哺㕮咀嚼也或从
甫⿰骨甫博雅骬也⿰馬父牡馬⿱髟付髻也捬捍也怤思也○父ヨ【三五】
奉甫切說文【三六】矩也家長率教者古作五文【三八】三十二㕮㕮咀嚼也輔⿰甫頁【三七】⿰車父⿰面甫說文
人頰車也或作⿰甫頁軵⿰面甫亦姓鬴⿰鬲釜釜釜說文鍑屬或作⿰鬲釜釜隸省【三九】滏水名

〔四二〕鵏
〔四三〕鵭
〔四五〕㤝
〔四六〕武迹
〔四七〕雨
〔四八〕侮傷
〔五〇〕𢝊

在鄭腐㾈說文爛也或从火府痡博雅病也或从甫補䙛博雅䙛補
䴸也或〔四一〕从専鵏鳥名鴅屬蚥蟲名爾雅不蜩王〔四三〕蚥一曰去蚥蟾諸駁牡〔四四〕馮蚥
瓜中小蟲也通作父俌輔助也古作輔通作輔蜅蟹也鳰雉鵡〔四五〕鳥名越父
也或作雉鵡婄物敗生白曰婄髳髮謂之髳𡵔山名鞴憮〔四五〕○〔四六〕武罔甫
切說文楚莊王曰夫武定功戢兵故止戈爲武文四十〔四七〕䟼𨓜𨖌博雅跡也或作𨓜𨖌通作
武舞僢翌說文樂也用足相背或从人古作翌〔四八〕侮伖㑄悔娒務
說文傷也一曰慢也古作伖㑄悔或作娒務嫵娬說文媚也〔四九〕或从武𤍣〔四九〕失意皃
憮說文愛也韓鄭曰憮一曰不動一曰傲也𢝊說〔五〇〕文撫也一曰愛也瞴微視膴美也詩周

〔五三〕网
〔五五〕長
〔五六〕潁
〔五八〕甒
〔五九〕鴅母
〔六〇〕縝
〔六一〕繏幞
〔六二〕橨

原膴廡𢊁庑〔五二〕說文堂下周屋籀从舞或作庑橆蕪說文豐也从林無或說規
模字从大冊數之積也林者木之多也冊〔五三〕與庶同意引〔五四〕書庶艸繁橆或作蕪通作廡𦋐𦊙
說文牖中网也或从無𦊇雉罔艤〔五五〕舟謂之艤墲墓域敄彊也〔五七〕潕瀵
說文水〔五六〕出南陽舞陰東入潁或从舞碔珷〔五八〕𥖗碔砆石似玉或作珷𥖗甒𤮊𤭛
方言〔五八〕甖周魏之間謂之甒或从廡武陚平原䳇〔五九〕鴅母鳥名說文鸚䳇也〔六〇〕或从武亦省
嘸嘸然陽應也譕誘詞𠥸刀室堥尺〔六一〕器○縷縷緆取切說文緆前兩
足也漢令蠻夷卒有須系或省文六〔六二〕數數數猶汲汲也繏繏方言所以縣㡠東齊海岱之間
謂之繏或省盨說文橨盨負戴器也○取此主切說文捕取也周禮獲者取左耳引司馬

〔六三〕鄹　〔六四〕豐　〔六五〕櫝　〔六七〕〇　〔六八〕僜　〔六九〕褕　〔七〇〕豵

法載獻瓶瓶〔六四〕䐗耳也文二 娶 取婦也 ○ 聚 在庾切會也文三 鄹〔六三〕 亭名在新
豐 鄹 民所聚〔六五〕居 ○ 數 爽主切說文計也文五 籔 藪〔六六〕 聘禮十六斗曰籔或从艸
翑 羽曲 盨 櫝盨負戴器通作藪藪 ○ 主 炷 腫庾切說文鐙中火主也或作炷主一曰
君也掌也文十 宔 砫 祏 說文宗廟宔祏或从石从示 枓 斗 說文勺也或省 麈
說文麋屬 咥 呼雞聲 罜 說文罜麗〔六七〕魚罟也 豎 豎〔六九〕 僜〔六八〕 上主切說文豎立也籀从
殳或从人俗作豎非是文九 裋 䄞 方言襜褕自關而西其短者謂之裋褕或从豎 樹
扶樹也 尌 侸 說文立也或作侸 壴 陳樂立而上見 ○ 貗 豵〔七〇〕 撰禹切牝
豕或省文二 ○ 乳 䌌主切說文人及鳥生子曰乳獸曰產从孚从乙乙者玄鳥也明堂月令

〔七二〕染　〔七三〕㮟　〔七四〕酒厚　〔七六〕丶　〔七七〕咥　〔七八〕跓　〔七九〕偪　〔八〇〕慺　〔八二〕羸

玄鳥至之日祠于高禖以請子故乳从乙請子必以乙至之日者乙春分鶩秋分去開生之候鳥帝少昊
司分之官也文四 擩 說文染〔七二〕也周禮六曰擩祭 醹 [氵乳] 說文酒厚也引詩〔七四〕酒醴惟醹或
作[氵乳] ○ 丶〔七五〕 黈 冢庾切說文有所絕止丶而識之也亦姓或作黈文六 拄 掌也通作柱
柱 艸名爾雅柱夫搖車 跓〔七八〕 口不正 壴 陳樂立而上見 ○ 柱 重主切說文楹也文八 [竹主]
樦 樂也所以調絃或从木 [山柱] 山名 鼊 烏鼊鼊名 咥〔七七〕 停足 [身主] 䏵〔七九〕 身直皃或从肉 ○
縷 隴主切說文綫〔八〇〕也文十九 褸〔八一〕 說文衽也 僂 軁 說文尪也周公韤僂或言背僂
亦从身 慺 姓也 謱 䚩謱委曲也 婁 卷婁猶拘攣也〔八二〕一曰空也 [阝婁]〔八三〕 羸[阝婁]縣名
嶁 岣嶁衡山也或書作𡠠 漊 說文雨漊漊也一曰汝南謂飲酒習之不醉為漊 簍 博雅

〔八五〕蔞
〔八六〕菽
〔八七〕戴
〔八八〕庾　匬
〔八九〕桼
〔九〇〕抭
〔九一〕瘉
〔九二〕窪
〔九三〕瓜
〔九四〕薜　蕍

䉤也一曰竹籠　蔞　艸名一曰萬蔞正輪者　蘡　艸名爾雅蔜薞蘡〔八五〕今之蘩蘡一曰雞腸　菽〔八六〕艸名香菽也　鷜　鸛鷜鳥名郭公也　數　寠數〔八七〕帶器　𩅌　雨皃　覯　視也　婁　婦無廉也　○庾〔八八〕㢏匬　勇主切說文水漕倉也一曰倉無屋者亦姓或作㢏匬文二十五　斞鍮匬　說文量也引周禮〔八九〕桼三斞或作鍮匬　抭〔九〇〕刺也　愈　勝也通作俞　瘉　癒　說文病瘳也或作瘉通作愈〔九一〕　瘐　漢律囚以飢寒而死曰瘐　㥚　懼也〔九二〕　㼌　說文本不勝末微弱也　窳窪〔九三〕　說文污窬也朔方有窳〔九三〕渾縣或作窪　蕍萸　薜萸艸〔九四〕或从臾通作庾　楰　木名鼠梓也　貐　獸名說文猰貐似貙虎爪食人迅走　俞　俞俞容皃和恭也　踰　越也史記無以踰人司馬正說通作瘉　䈁　玄竹也　腴　腹下肥　蕍　蕍茈

〔三〕雋　行皃
〔四〕惎
〔五〕莽　〔六〕定　〔七〕鈷
〔八〕隸

木耳　窳　嬾也史記呰窳偷生　○檽　尼主切木名可染文三　擩　拄也〔三〕　醹　厚酒

十　○姥　滿補切女老稱亦姓文十六　娒姆　女師也或省　馬〔三〕　馬也　媽　〔四〕博雅母也一曰牝馬　慔　愛也或書作某　罞　罔也　峔　山名在丹陽　茻　宿艸　莽〔五〕　犬逐兔艸中　㟌　㟌惗心惑　䜔　䜔謭言不定〔六〕　鏻　鈷〔七〕鏻温器　牡　禽雄曰牡　瞴　微視　憮　失意皃　○普普　頗五切〔八〕說文日無色也亦姓籀作普文七　溥　說文大也通作普　誧　人相助也一曰謀也　浦　說文瀕也　烳　火皃　潽　水也　○補䋠𢼂𤝞　彼五切說文完衣也一曰數也〔九〕十兆曰經十經曰垓十垓曰補或作䋠𢼂古作𤝞文十三　譜諩　說文籍録也或省　圃甫囿　說文種菜曰圃或省亦作

〔一〇〕黼　玄
〔一三〕蔖
〔一四〕皻
〔一五〕鋁
〔一六〕揔
〔一七〕琭
〔一八〕鞨
〔一九〕纓
〔二〇〕蒩
〔二一〕麆
〔二二〕蔖

圃黼〔一〇〕白黑文也詩方袞及黼徐邈讀　塼闕人名衛有石塼　烳火皃　鯆魚名　○
簿〔一一〕伴姥切籍也笏也文十　薄菡薄艸也　部分也總也　蔀蔀蔀艸名一曰
郭明物　篰竹器〔一二〕　溥〔一三〕塗也　鞲韝鞴鞋鞲車茵或从韋〔一四〕亦作鞴　蒲艸名
生水中　○蔖州五切艸名可作履一曰艸〔一五〕死曰蔖文六　皻𤿭博雅皻皻〔一六〕皻也或省
𪋻艸履　鎺博雅鋁〔一七〕謂之鎺　縒繒色鮮皃　○〔一八〕祖䄐總古切說文始廟也亦姓
古作䄐文十　珇說文琮玉之縁〔一九〕一曰美也　靻馬鞨也　組說文綬屬〔二〇〕其小者以爲冕纓〔二一〕
〔二〇〕蒩說文菜也　苴菹藉也或作〔二一〕蒩　伹戈也　作造也　○粗麆〔二二〕麆
坐五切說文䟽也或作麆麆通作觕文九　蔖艸名可爲履　駔會也一曰駿馬名　伹

〔二四〕弆
〔二六〕丨丶
〔二七〕鞁
〔二八〕𡊅
〔二九〕杜

廣雅鈍也　觕牛角直皃　[illegible]大也通作駔麆　䁨閑目思也　○睹覩董五
切說文見也古从見〔二三〕文十八　督闕仈督梁公子名　暏說文旦明也　賭䝻
博雅取財或从度　肚胃也　堵𩫖䞀陼說文垣也五版爲一堵籒从𩫖或作賭陼亦姓
居美石　楮木名　𣫽桑皮也　帾博雅幡也　杜姓也楚有杜〔二四〕敖劉伯莊讀　𤥭
玉名　者語辭　○土統五切說文地之吐生物者也二象地〔二五〕之下地之中〔二六〕物出形也文六　靯
鞴鞁〔二七〕也一曰車中薦　吐說文寫也　𡊅鄉名　稌沛國呼稻爲稌　芏艸名爾雅芏夫王生
海邊似莞藺越人以爲席　○杜動五切說文甘棠也亦姓文十六　稌說文稻也引周禮牛
宜稌　莊莊衡香艸　土〔二九〕桑根也方言東齊謂根曰土通作杜　𣫽字林桑皮也　肚

〔三〇〕剫

〔三一〕虜獲　〔三三〕惑

〔三四〕鬣　〔三五〕嘑

〔三六〕桴

胃也　髏顱也　鞋鞲鞁也一曰車中薦　𢾍剫〔三〇〕𠜶說文閉也或从刀古作𢿧　廥

舍也　塿塞也　坬博雅𤮊坬甓也　鴮鴮鶘鳥名〔三一〕通作杜　芏艸名夫王也　○

魯𣥐〔三二〕籠五切說文鈍詞也引論語參也魯一曰國名亦姓古作𣥐文三十一〔三三〕　虜擄

說文獲也或从手　𢭸博雅強也一曰動搖　𢥗𢥍憐𢥗心或从虜　𧨼譁𧨼言不

定　鹵滷塷澛說文西方鹹地也象鹽形安定有鹵縣東方謂之㡿西方謂之鹵或从水从土亦作澛

𩯭鬣〔三四〕也　𠣳𠣳𠣳伏地　嘑〔三五〕嘑嘑吳俗呼猪聲　虜𢊍說文

廡也或作𢊍　硵砂也　櫓樐𣚚說文大盾也或从鹵从虜　桴〔三六〕木名可染　艣

所以進船也通作樐　𨭖鏀說文煎膠器一曰刀柄或作鏀　䓣蓾說文艸也可以束或

〔三七〕潘

〔四一〕虒彪

〔四二〕汻

〔四三〕柹

〔四四〕曰

从鹵　𩹧說文魚名出樂浪潘國　𥵻竹名　嚕語〔三七〕也　𧯷豆名　○　怒暖五

切恚也文六　弩說文弓有臂者引周禮四弩夾〔三八〕弩庾弩唐弩大弩　砮石可以為矢鏃　努

方言〔三九〕勉也　孥子也　蛪水蛪蟲名　○　虎虒〔四〇〕彪火五切說文山獸之君亦

姓古作虒彪文十六〔四一〕　琥說文發兵瑞玉為虎文引春秋傳賜子家雙琥一曰禮西方之玉　虝

蟲名善捕蠅　汻〔四二〕滸滹說文水厓也或作滸滹　𦨈𦩡舟中渫水器或作𦩡　鄦

說文地名或作鄦　䖯豆屬似狸豆而大　許許〔四三〕許柹皃　箎竹名高百丈

䨇北方謂雨曰〔四四〕䨇呂靜說　○　苦孔五切艸名說文大苦苓也一曰急也文三　𥳑

筈竹名或省　○　古𠖘果五切說文故也从十口識前言者也古作𠖘文三十六　詁

〔四五〕鼓
〔四六〕朕
〔四七〕賁
〔四八〕皿
〔四九〕臬
〔五一〕北
〔五二〕作兕

說文訓故言也引詩詁訓〔四五〕鼓 說文擊鼓也 鼓鞁𡔷鞼 說文郭也春分之音萬物郭皮甲而出故謂之鼓从壴支象其手擊之也古作鞁籒从古或从革 瞽 說〔四六〕文目但有朕也 股𦙶骰 說文髀也或从古从骨 沽苦 略也或作苦通作盬 夃 秦以市買多得爲夃 賈賣 說〔四七〕文賈市也一曰坐賣售或从古 盬 說文河東鹽池袤五十一里廣七里周百十六里 𥁰盬 說文器也或作盬 蠱 說〔四八〕文腹中蟲也引春秋傳皿蟲爲蠱晦淫之所生也泉〔四九〕桀死之鬼亦爲蠱从蟲从皿皿物之用也 罟〔五〇〕 說文网〔五一〕也 鈷 鈷鉧温器 牯 牛名 羖𦍩 說文夏羊牡曰羖或从古〔五二〕 濷 水濷蟲名 兕兕 說文廱蔽也从人象左右皆蔽形〔五三〕或从兕 𡸕 山名 楛 楛斗射鼠器 顧 視也書我不顧行遯徐邈讀 䓢 艸名

集韻二 卷五 四

〔五五〕梲
〔五七〕吔 𩩲
〔五八〕柿梔
〔五九〕裱
〔六〇〕杼

爾〔五四〕雅葒一曰龍鼓 笘 䉉也 估〔五五〕梲 酤 一宿酒 ○戶扈 後五切說文護也半門曰戶一曰止也古从木文四十一 怙㤥 說文恃也或作㤥 祜 說〔五六〕文福也 昈 方言效昈文也一曰赤文 媩 好也 嫭 說文嫭鹵貪也 酤 一宿酒 〔五七〕扈吔𩩲 說文夏后同姓所封戰於甘者在鄠有扈谷甘亭亦姓古作吔或作𩩲 〔五八〕𢬵 柿𢬵不順理 滬 玄滬水名 洿 水深謂之洿 鄠 說文右扶風縣名 岵 說文山有艸木也引詩陟彼岵兮 嵨 山甲而大曰嵨通作扈 居 說文美石也 𡓭䧽 坼也或从阜 帍 方言帍𡚱〔五九〕謂之被巾 𣸣戽 杼〔六〇〕水器或作戽 簄 取魚竹罔通作槴滬 苄芐 艸名 說文地黃也引禮鉶〔六一〕毛牛藿羊苄豕薇是或作芐 楛 說文木也引詩榛楛濟濟 雇𩿦鳸

集韻一 卷五 四

〔六三〕婬　〔六四〕鷉　〔六五〕雁　〔六六〕木　〔六七〕楛　〔六八〕綢　末　〔七〇〕姨　〔七一〕籍　〔七二〕梌〔七三〕棹　〔七四〕䳋　〔七七〕亞　〔七九〕㐅乂

說文九雇農桑候鳥扈民不婬〔六三〕者也春雇頒䳋〔六四〕夏雇竊玄秋雇竊藍冬雇竊黃棘雇〔六五〕竊丹行雇唶唶宵雇嘖嘖桑雇竊脂老雇鷃〔六六〕也或从雩从鳥亦書作鳸鳫　枯　竹〔六七〕通作楛　羽　緩也周禮弓而羽䋞〔六八〕　未應將發　虖　闕人名莊〔六九〕子有子桑虖　姱　性不〔七〇〕端良謂之姨姱　熩　光玉也　瑦〔七四〕也

槴　籍〔七一〕書具一曰取魚具　下　下也　〔七二〕荼　芧蒡　〔七三〕棹　木名　○隖塢䃘埡　於五切說文小障也一曰庳城也或从土从石亦作埡文十五　嵨　山名　鄔　說〔七五〕文太原縣一曰周地名　瑦　說文石之似玉者　溩　水名一曰水大皃　㠸〔七七〕䫋　首巾謂之㠸〔七六〕或作頭　誣

𧩼　說文相〔七八〕毀也一曰畏〔七九〕誣或从惡　趨　說文走輕也　䡷　博雅䡷頭柳車也一曰車首　𤸫　疾也　○五㐅乂　阮古切說文五行也从二陰陽在天地間交午也古作㐅乂文十　伍

集韻上聲五　四三

〔八〇〕「或」　〔八一〕遌　〔八二〕冒　〔一〕「也」　〔三〕愨　〔四〕癠　〔五〕刈　〔六〕鬚髻　〔六〕文　〔九〕摵

說文相參伍也亦姓　仵　偶也或〔八〇〕亦姓　逜迕　過也或作迕〔八一〕　午　說文啎也五月陰气午逆陽胃〔八二〕地而出　旿　明也　玝　闕人名後蜀有李玝

十一　○薺　在禮切艸名文十三　鮆鱭　說文飲而不食刀魚也或从齊　呰　短〔一〕也弱也　霽濟　雨止也洪範曰雨曰霽或作濟　齊　〔二〕齊齊恭愨〔三〕皃　䍜　博雅盪也　〔四〕臍

癠　方言江湘間凡物生而〔六〕不長大曰瘠一曰病也隸〔五〕作癠　璾　玉病謂之璾　穧　穫也　〔六〕䰩　髮小而高爲䰩　○洒洗　小〔七〕禮切說文滌也古〔八〕爲灑埽字或作洗文三　姺

古國名　○泚　此禮切說文清也文八　玼　說文玉色鮮也引〔八〕詩新臺有玼　緀紕　帛文　或从此　淒　雲雨起皃　皉　白也　批　捽滅〔九〕也　萋　艸盛皃一曰恭順皃　○濟

集韻上聲五

【二○】沛
【二一】夘【二二】秭【二三】濟
【二四】𪍿
【二七】殊
【二九】毀【三○】也【三一】愼

濟子禮切說文水出常山房子贊皇山東入泜【二○】一曰齊也一曰州名亦姓古作濟文十三泲
說文沇也東入于海䶒茜酒也通作泲癠短皃一曰生而不長【二三】批博雅捽也䟡走皃
枇木名卯【二一】事之制也秭【二二】禾五稯霽爾雅雨齊謂之霽訾博雅諀訾也
擠排也○米母禮切說文粟實也象禾實之形文十二蔝蔝薂艸名眯說文
艸入目中也或書作枈䋇𪓐【二四】說文繡文如聚細米也古作𪓐𥧤寱【二五】說文寐而未厭
或作寱洣水【二六】名在茶陵𡚁【二七】米半壞鮇魚名一曰魚子瀰濔瀰濔水流
皃或从彌○頮普米切說文傾首也文九俾睥俾倪邪視或【二八】从目敗捭說文
毀【二九】也或从手庀庇具也調禮庀其委積也【三○】或作庇𢙱愼【三一】也擗擗埤俾也○陛

【三二】升【三三】柾
【三六】从【三七】曰【三八】名【三九】疷

坒部禮切說文升【三二】高階也或从土文十四梐梐柾【三三】行馬也髀𩪧䯝脾肶【三四】
股也或作𩪧䯝脾肶佌佌儴行張足蜌字林小蛤也蓖莞屬狴狴犴獄名
坒相連也𤘽【三五】揩𤘽牛馬行【三六】○邸郞典禮切說文屬國舍也或作郞亦姓文三
十二氐說文至也以氐下著【三八】一【三七】一地也一曰星也疷【三九】病也奃大也底說文山居
也一曰下也柢說文木根也堤說文滯也聜不聽也一曰耳病詆呧說文
苛也或从口衹衹裯短衣抵扺說文擠也或作扺牴觝說文觸也或从角
𢻱博雅隱也軧𨍴說文大車後也或从底𦨡𦨡艡舟名弤弓名䓜艸名
爾雅苨䓜苨提絶也一曰史記以冒絜提文帝蕭該讀砥〔礪〕石之尤細者趆說文趨也

〔三一〕迡
〔三二〕㭽也攟　〔三三〕總
〔三四〕鼻
〔三五〕輭
〔三七〕八

〔三一〕迡說文怒不進也　阺坻說文秦謂陵阪曰阺或从土　牴犬名　骶臀也　罠
罘也　柢〔三二〕○體軆土禮切說文總〔三三〕十二屬也或从身俗作躰非是文十三　涕說文
泣也　洟〔三四〕鼻液也　徥止也　緹衹說文帛丹黃色或作衹　醍酒赤　趧博雅
趧棓杖也　挮[韋弟]去涕也或从鼻　[革豊]軟〔三五〕謂之[革豊]　[子弟]孩也　○弟〔三六〕𢎨待禮
切男子後生為弟古作𢎨文十四　娣說文女弟也　媞媞娓無媚一曰諦也　悌易也
艄船名　遞遰更易也或从弟　㼭[缶是]甂也方言陳魏宋楚謂之㼭或从缶　涕
泣也　低低低愛也郭璞說　䟡杖也　䞶輕也　○禮礼𠀅里弟切說文履
也所以事神致福〔三七〕亦姓古作礼𠀅文二十　豊說文行禮之器从豆象形　醴說文酒一

〔三八〕孰也
〔四一〕瓥
〔四四〕酢

宿〔三八〕熟　灃說文水出南陽雉衡山東入汝〔三九〕亦姓一曰州名　蠡〔四〇〕𧍙[蟲彖]說文蟲齧木中也或
省古作彖　[酉蠡][酉彖]醲[酉蠡]酪滓或省　[麗攴]說文數也　劙剌也〔四一〕　劙蠡博雅瓢也一曰蠡簞也
或从皿　欚艬說文江中大船名或作艬通作欐麗　䉫竹名　鱧鱺魚名說文
鱯也或从麗　麗彭麗澤名　[魚蠡]魚名說文鮦〔四二〕也　[艹蠡]赤艸也　[矛豊]戟屬
鈹謂　欐梁也　矖視也　筣筣笓織荆　履〔四三〕踐也易履霜堅冰鄭康成讀　○
之〔四三〕禮　禰祢乃禮切說文親廟也亦姓或作祢文二十八　嬭廣雅婢嬭母也　䰯[髟系]說文
髮〔四四〕兒讀若江南謂醋母為䰯或作[髟系]　檷鑈鈮說文絡絲檷或从金亦作鈮通作柅　[革爾]
轡垂也通作[革尼]　抳博雅止也　苨泥露濃謂之苨或省　濔水流也　柅木名實如

〔四五〕坭　〔四八〕黏　〔四九〕姓　〔五〇〕卟卜　〔五一〕䭫　〔五二〕肥　〔五三〕戟　〔五四〕謑　〔五五〕奊

棨〔四五〕坭地名在衛　苨艸名薺屬　薾華茂曰薾　尼爾雅定也　儞心弱也〔四六〕𨷲
閕說文智少力劣也或作閕　昵近也通作尼　濔爾說文滿也一曰濔濔衆也或省　𩊠
韃輗〔四七〕也或作韃　隬地名　𪏊〔四八〕黏也　○啓遣禮切說文教也引論語不憤不啓文十六
启說文開也通作啓　晵〔四九〕說文雨而晝姓也亦姓　闙開門也通作〔五〇〕啓　𧝓
袳開衣也或作袳　卟〔五一〕卜問也　䭫稽說文下首〔五二〕也或作稽　脊肥腸　棨
㦸說文傳信也一說形如戟有〔五三〕幡書之吏執爲信或作㦸　綮說文緻繒也一曰微幟信
也有齒一曰肉結處也　鍇方言鍇鍇堅也　軫輅說文礙也一曰至也或从启　○傒
傒蹊谿徯戶禮切說文待也或作傒蹊谿傒文十八　謑謨〔五四〕說文恥也或从奊〔五五〕一

集韻上聲五　一　是

〔五六〕匸　〔五七〕徑　〔五八〕二　〔五九〕殺　〔六〇〕睨　〔六一〕觬　〔六二〕決　〔六七〕卜　〔六五〕娩　〔六八〕灑　汎　〔六九〕鳧

曰謑詬小人怒　𥈯目動　匸〔五六〕說文衺徯有所俠藏〔五七〕也从乚上有一覆之　涀水名出高陵
𥰭艬所以安船或从舟　揳揭也　蒵爍也　𧥺誠言也譍也　褑開〔六〇〕衣
也　脊肥腸　軫至也礙也　○堄吾禮切埤〔五八〕堄城上垣文十一　𩲡〔五九〕戰𩲡擊聲　掜
疑也一曰不從〔六一〕　倪睨俾倪視皃或从目　睨〔六二〕日昳一曰明也　裞裞裞衣飾　觬說文
角觬曲也西〔六三〕可有觬氏縣　謑恥也　盻盻盻勤苦不休息皃一曰恨視　婗媞婗無媚一曰〔六六〕疑不〔六七〕
決　寱魘〔六四〕　○㕧杏禮切然也文三　嬇娩〔六五〕也　詥博雅譍也　○埤卜礼
切埤堄城上垣文二　𣪠戰𣪠擊聲　○灑時禮切汎灑〔六八〕也文一　○鶏鷄古礼切鳥名鳧〔六九〕
也或从奊文三　脊肥腸　○茝掣睨切香艸名似蘭齊謂之茝楚謂之蘺文一

[一]鱓　[二]艸　[三]𤛗　[四]澗　[六]豸　[七]䚡　[八]鼻　[九]从　[一〇]觧　[一一]竹　[一二]杓

十二○蠏下買切蟲名說文有二敖八足旁行非蛇[二]鮮之穴無所庇通作䲒文十八邂迦邂逅解說皃或作迦薢[三]菜名說文薢茩也解曉也散也亦姓獬𤢿觟獬豸獸[四]名或作獬觟澥說文勃澥海之別[七]也一曰澥谷也嶰澗𨹖說文水衡官谷也一曰小溪䩉廣雅鞝[八]謂之䩉鱰魚名鮦也觧地名䉏竹[九]名獬予也檞松樠也䚡[一〇][一一]盾鼻○解舉蟹切說文判也从刀判牛角一曰解廌獸名文六薢薢茩艸名

檞松樠也獬𠐳獬獬豪強皃或从人嶰谷名○芐口蟹切屐也文三嫛意難也觧勵觧疲也○矮𤸎躷倚蟹切矬也或作𤸎躷文五䜋笑聲倚坐○竹古買切羊角文七𣐇枴[一二]杖或作柺亦書作枴觟盾鼻掛

[一三]鴨音」耆五

[一六]蕢　[一七]貏　短　[一九]鳺　[二〇]汛

別也窐罫博局方目[一四]馳也或作罫○扮虎買切亂也文一○擺補買切開也或書作擘文五捭[一五]說文兩手擊也鵯鵯鵧小鳥名𣨤博雅裂也䥯鐵杖○罷部買切說文遣有辠也从网能言有賢能而入网而貫遣之引周禮議能之辟一曰止也文十四𥪔矲矲䂬知皃或作矲猈說文短脛狗䥯鐵杖𣨤裂也犕

疲劣也𠢕𠢕觧疲也一曰惡怒篺闕人名楚有史[一八]篺𤅍水名擺撥也捭兩手擊也蘢艸名犤牛短足○買母蟹切說文市也从网貝引孟子登龍斷而网市利文六嘪嘪嘪[一九]羊鳴蕒蕒藚艸名𣿅說文水出豫章艾縣西[二〇]入湘鷶𩀛鳥名博雅鷶鵠子鳺也或从隹○矖所蟹切視也文十二灑洒汛洒也或作洒汛躧徐行也

【二一】篘
【二二】䚢
【二四】決
【二五】仄
【二六】骻

躧韃韃履也或作韃亦省纚縰斯韜髮也或作縰斯簏瑟也○篘【二一】杜買切取魚竹器文二杖杖也○獬𠋦都買切豪強皃後魏時語莫獬獬或从人文二○廌䚢【二二】觧獬丈蠏【二三】切說文解廌獸也似山牛一角古者決【二四】訟令觸不直象形从豸省或作䚢解獬通作豸文十豸蟲無足⿰豸予予也扡析也杝析木也駘駘駿馬不進佁佁儗癡皃○⿱扮手柱買切攙物也文一【二五】○嬭㜷𡈸女蟹切博雅母也或作㜷古作𡈸文四疓博雅病也○抧仄蠏切擊也文四跐蹋也䖪蟲名秕禾也○胯枯買切腰【二六】肥皃文六銙䩷帶具或从革⿰巾夸小衫曰⿰巾夸⿰忄夸心恢也跨踤跨行皃○⿰臣見五買切博雅視也文一○撮初買

集韻　上聲十二

【二七】崴
【二八】臿
【三〇】雉

集韻　上聲五

切指取物也一曰搦也文一○女奴解切楚人謂女曰女文二疓病也○⿱山豸楚解切山名文一○崴烏買切崴嵬山谷不平皃文一○嵬戶買切崴嵬【二七】山谷不平皃文二夥多也○⿰巾匕怦買切裂也文一十三○駭下楷切說文驚也文七絯挂也【二八】絓也侅奇侅非常也駴疾雷擊鼓曰駴豥爾雅豕四蹢皆白豥梩杞臿也或作杞○鍇口駭切說文九江謂鐵曰鍇文八楷㮨【二九】說文木也孔子冢蓋樹之者一曰模法也古作㮨緒大絲⿰月皆瘦謂之⿰月皆雉【三〇】⿰矢皆訶桂林謂人短爲矲雉或作⿰矢皆訶○挨倚駭切說文擊背也文二唉飽聲謂之唉一曰應聲○騃語駭切說文馬行仡仡也文四⿸疒疑病也癡也娾喜也覬

視也○擷〔四〕洛駭切把擷弃文二〔五〕懶襰懶㦽衣破或从衣○釵知駭切缺也文一○〔六〕㦽襏繳師駭切懶㦽衣破或从衣从糸文四摋〔七〕攦摋抖摋也○𥮖簣〔八〕徙駭切竹器或从買文三徥博雅行也一曰細而有容○鍇古駭切堅也文一○徥直駭切行也文二㭬杖也○㹽蒲楷切短也文一

十四賄

○賄䝷虎猥切說文財也或从每文十八烠火色悔恨也或書作㥉㖦佌倠哀也腲〔一〕胎腲大腫也燗爛也潤湏水皃或从頁煨火也倠佁方言佌倠醜皃或从台蛕土蟲名痗病也䵋說文青黃色也輠車轉也溾溾浽穢濁謉啍謉諈言○頠苦猥切說文頭不正也文十五顝大頭也傀傀儡木偶

〔四〕擷

〔五〕懶襰

〔六〕懶　〔七〕揀　〔八〕徒

〔一〕胎

戲殨殨殨多皃磈磈嵬峞礧磈山皃或作磈嵬峞崛崛然獨立皃魁魁𤻎大枝〔二〕節盤結也塊大塊天地間也輠車轉也䉛篡竹高節或省㒑㒑價長大皃○瘣戶賄切說文病也引詩譬彼瘣木一曰腫旁出也文二十九侑痛聲媿媿㛪不知皃讉中止也䉛篡竹高節或省溾溾浽穢濁櫰木名似槐匯說文器也〔三〕〔四〕一曰回也夏書東匯澤爲彭蠡㒑貿物價也廆廦也僓僓價長大皃潰決溢〔五〕也螝蟲名說文蛕也輠䡈車轉也或作䡈回繞也春秋傳右回梅山徐邈讀塊大塊天地間也䵋黃也蒐蘬艸名懷羊也或省𧦝呼也殨多也鄍〔六〕鄍邦墝埆也顝顝顝頭皃鮥〔七〕魚名叔鮪也繢畫也憒

〔三〕魁木

〔四〕澤

〔五〕決

〔七〕鮥

〔八〕愄
〔九〕好
〔一〇〕濊
〔一一〕鑪　食
〔一二〕輭
〔一三〕朏
〔一四〕也
〔一五〕也
〔一六〕𤯍
〔一七〕蓓

亂也殨腫決也○猥鄔賄切說文犬吠聲一曰并雜文二十䑋說文角曲中也偎〔八〕
偎𡟰行病㛪猥娞弱也腲腲脮肥也嵔嵔娞㛪也鍡說文鍡鑸不平也嵔
嵔嵔壘山名或省亦書作㟪碨䃳𥓑石皃或从委从威渨渨博雅濊〔一〇〕也
或作渨椳門樞瘣𤸇瘣㿉風病或从委鑪〔一一〕肙而朏〔一三〕也〔一四〕萎萎腰耎〔一二〕弱也
𨞀𨞀邦境堳也○頠五賄切頭閑習也文九顡䫥顡愚皃隗說〔一五〕文唯隗
亦姓峞嵬山皃或从鬼頧廣雅大皃一曰頭不正䃬磈衆石皃或省廆
闕人名晉有慕容廆○琲部浼切珠五百枚也亦書作𤯍〔一六〕文九俖俖倠面醜一曰離也蓓〔一七〕
蓓蕾始華也痱𤺋說文風病也或从肥倍反也犘手起物蓓黃蓓艸名

〔一八〕毋
〔一九〕丫
〔二〇〕梅
〔二二〕繀

偂姓也漢有偂宗○浼潣毋〔一八〕罪切說文汙也引詩河水浼浼引孟子汝安能免我或作潣
欲〔一九〕十燗熟謂之燗[illegible]碎萁也毐毐說文艸盛上出也一曰雖也隸作毐痗
病也梅〔二〇〕梅伯紂諸侯號挴慙也䆀博雅敗也一曰禾傷雨莓艸名說文馬莓也
○漼濢取猥切說文深也引詩有漼者淵或从萃文十六滜說文[illegible]也洒高峻
皃詩新〔二一〕臺有洒璀說文璀璨玉光也皠白也鏙鱗甲謂之鏙錯一曰文采皃確〔二二〕綵大
皃崔動皃一曰遶〔二三〕皃𥼶𥽒稻赤米曰𥼶或作𥽒[illegible]泚[illegible]清也通作𥽒嶊
山皃鬌𣰌毛髮皃或从毛摧摸也○榷祖猥切木蘊積文十䓹莛也挫也
隹嶊嶵山皃莊子山林之畏佳或作嶊嶵嗺口醜也洅雷震謂之洅肫

【二六】祖　从辛　皇

【二七】皋

【二九】⿰土⿱亯辛

【三〇】隊

【三一】俀　【三二】胻

【三三】答

面頟　挨　推也　㢈　㢈㢈垂皃【三五】○　辠　粗賄切說文犯法也从自言辠人蹙鼻苦辛之憂也秦以

辠似皇字改爲罪文五　罪　說文捕魚竹网　⿱山辠【三六】　嶵　說文山皃或从罪　【三七】⿰扌罪　拉也　○

⿰月自　靚猥切⿰月自腲大腫【三八】文九　陮　說文陮隗高也　⿱亯辛　⿱享寸　說文磊⿱享寸重聚也隸作⿱享寸　⿰扌享

排也　郵　陴郵木實垂皃　啍　諈言　頧　頭不正皃　埵　堅土　○　骽　腿　吐猥切股

也或作腿文十二　妥　爾雅止也一曰安也【四〇】　倭　弱也【四一】　腇　腲腇肥也　⿸疒追　重⿸疒追瘇疾　聉

聉頹愚皃　娞　媿娞弱也　⿺辶妥　⿺辶妥⿺辶妥行病【四二】　僓　說文嫺也一曰長皃　⿱山妥　⿱山妥嶵山高皃　⿸疒退　瘣⿸疒退風病

○　琣　普罪切闕人名唐有滕王循琣文五　俖　不可也　啡　唾聲【四三】　朏　月未明也　昢　日未

明　○　錞　鐓　杜罪切矛戟平底皃或从敦文十四　⿱竹隋　答⿱竹隋竹名　憝　恨也　隊

集韻上聲五　二三

【三七】陮　【三八】鋉

【四〇】懶　【四一】鍡　【四二】隊

【四四】瓠

辠也　隧　徑也春秋傳當【三六】陳隧音徐醉讀　遺　瀢　瀢沱水洪小動皃或

从嘳　嶊　高皃　陮　⿰阝崔　陮【三七】隗高也或作陮　錆　【三八】鎛推鋉錆釱錧也　⿱亯辛　重也

蓶　艸也　○　磊　磥　礌　魯猥切說文衆石也或从累亦作礧文四十　⿸疒磊　瘰【三九】

癗病或从累　⿱大畾　大也　礧　磥　礨　⿰山壘　大石皃或作磥礨⿰山壘　⿱累山　⿱山⿱鬼畾　磈

集韻

⿱累山　⿱山畾　說文辠也或作⿱山⿱鬼畾嵬⿱累山畾亦書作⿱山畾　儽　僳　傫　說文垂皃一曰儽儽疲也一曰

嬾解【四〇】或作儽傫　鑸　說文鍡【四一】鑸也　櫑　櫑具劍上鹿盧飾　⿰阝壘【四二】　說文畾也　⿰畾阝【四三】　郲

墤埆　郲　洡　縣名在桂陽或作洡　頛　頭不正　⿰月畾　⿰月畾腲腫皃　⿰耒瓜　⿰耒瓜瓡瓜中　癗

小腫　蕾　蓓蕾始華也　耒　田器　壘　纍　累　⿱山畾壘山名或作纍亦省　⿱畾石

【四五】右　【四六】木　【四七】一曰魚敗曰餒　【四八】好　【四九】婐　【五二】傜　【五三】胻　【五四】乖　【五五】強　【五六】于

罍空小穴也一曰小封　灅漯水名漢書在【四五】北平南【四六】無絲東入湨或省　儡儽纝傀【四七】纝

木偶戲或作儽纝　瘣魁瘣木枝節盤結也　○餧餒弩罪切說文飢也或作【四八】餧文十五

鮾鯘腇魚敗也或作鯘腇通作餧　【四九】婐婑媉婐也或从委　娞弱也

浽溛博雅【五一】濁也或作溛　䫺風動謂之䫺　䐈萎腇耎弱也　𤬁瓜中

䅗重垂也　【五二】傜【五三】腲傜行病　○陒俞罪切高危也一曰地名文二　累路罪切畏累山名文四

頪偏頗也春秋傳刑之頗類徐邈讀　壘塊壘不平兒　瘣魁瘣

木枝節盤結兒　○頠沽罪切頪高兒文四　【五四】乖背也　䐑腫大也　憒博雅亂也

○悖【五五】母切博雅彊也文一　○崔息罪切動兒悚兒文一　○倄方罪

【一】髻　【二】腦　【四】甬　【六】著　【七】冰　【八】己　【九】攺　【一〇】大　【一一】忋　【一二】頣　【一三】頣

切痛聲文一　○騧【一】毕賄切假髻文一

十五　○海【二】許亥切說文天池也以納百川【三】者或書作𣴴文八　烸燥也　醢䤈䤈

說文肉醬也籀作䤈或作䤈　榼【四】醢盍酒器或作醢盍　○愷豈凱可亥切說

文樂也或省亦作凱文十五　颽曰風通作凱　塏說文高燥也　暟方言明也　㟷【五】

山兒　闓博雅欲也一曰開也　鎧說文【六】甲也　䐩肥也　愒貪也　輆博雅輆軩不平也一

曰䡄也　肯肎字林【七】著骨肉【八】也或作肎　嘅歎也　○改已亥切說文更也【一〇】从已从

攴李陽冰曰己有過攴之【一一】卽改文十　㱾【九】說文毅改大剛卯以逐鬼鬽从辰巳之巳【一二】　忋博雅恃也

頦醜也　【一三】頣頰下曰頣或作胲䐚　胲䐚　絯彈彄也一曰繹繩　佁癡也　輆輆軩

【一四】豕豣　【一五】乙　【一六】褭　【一七】軙　【一八】改　【一九】卯　【二〇】毒　【二一】雷　【二二】軏　【二四】反　【二五】改　【二六】兒

不平【一五】○亥豕豣【一四】下改切說文荄也十月微陽起接盛陰从二二古文上字一人男一人女也
从乙象裹【一六】子咳咳之形引春秋傳亥有二首六身古作豕豣文十四劾籀因也侅賅
奇侅非常或从貝⿰扌亥動也滅也⿰立亥豎⿰立亥神人【一八】通作亥輆輆軩【一七】不平閡藏塞
也頦頷也忋恃也毅毅改【一九】大剛卯漢法以正月卯日作佩之除厲鬼或用金玉或桃
銘曰【二〇】正月剛卯⿰糸亥絲也○欸唉倚亥切謦也或作唉文十六扆藏也娭
戲也婢也挨博雅擊也絠說文彈彄也一曰冠卷【二一】毒人無行也靉雲盛皃
駭疾【二二】擊鼓也周【二三】禮鼓皆駭【二四】軙讀僾彷佛也腴胼肥也或作胼鮥【二五】
魚名叔鮪也與与【二六】也改毅改大剛卯⿰火有爛也○啡普亥切唾謂之啡文四

集韻上卷五　二二

【二七】書　【二八】黄　【二九】捋　【三〇】柞

集韻　上聲五　二三

佸倗不可也或作倗朏說文月未盛之明从月出引周【二七】丙午朏○倍簿亥切說
文反也文八菩萯說文艸也或作萯蔀蓓蕾艸名蓓蓓蕾始華也培
重也莊子乃今培風痱說文風病也傰姓也漢有傰宗○⿰禾票母亥切禾傷雨曰⿰禾票
文四挴貪也莓艸名實如桑椹輆輆軩不平○采採此宰【二九】切說文採取也
或从手文十四綵繒也郲地名彩文色也通作采婇女字寀爾雅寀寮
官也一曰同地爲寀⿱髟采髻謂之⿱髟采⿸疒采病也埰博雅冢也⿰忄采說文姦也一曰恨也
⿰月采腹【三〇】棌【三一】木也漢書唐虞棌椽⿰言崔就也○宰宰傘子亥切說文辠人在
屋下執事者从宀从辛辛辠也賈公彥曰宰者調和膳羞之名一曰官稱古作宰傘文十二穀

[三二]毛
[三三]騘
[三四]䨴

殺也通作宰　𡜋 滅也　䔂 菜名　崽 湘沅呼子曰崽　載 年也　縡 事也通作載
騂 說文益梁之州謂聾爲騂秦晉聽而不聞聞而不達謂之騂　騂 馬[三二]驄[三三]色也　宲 烹也
○在 盡亥切居也存也察也文一　○茝 昌亥切艸名說文䔲也文一　○佁
夷在切說文癡皃文一　○疓 汝亥切病也文一　○待峙 蕩亥切俟也或从立
文二十　迨隶隸逮 及也或作隶隸逮　殆 說文危也一曰近也　駘
疲也一曰駘蕩散也　佁 癡皃　癔 病也　靆[三四] 靉靆雲盛皃　怠 說文慢也　詒 江南
呼欺曰詒通作紿　紿⿰糸怠 說文絲勞即紿一曰纏也或从怠　軩 博雅軩軩不平也　⿰口怠
言不正　⿱竹怠箈 竹萌或作箈　悌 [illegible]　○恬 希乃切恃也文　○等

集韻上聲五　[illegible]

[三五]絲
[三七]改

打亥切齊也文一　○⿰口臺 坦亥切言舛也文五　⿰片臺 吳人謂逆[三六]剡木曰⿰片臺　⿱竹怠箈 竹萌
或作箈　騃 疲也　○[三五]鈘鑗 里亥切連鈴釣曰鈘或从禮文四　唻 囉唻歌聲　⿰石來
磨也　○弓乃迺𠄎𠄏圝卥 曩亥切說文曳詞之難也象气之出
難一曰汝也或作乃迺古作𠄎𠄏圝卤文十三　䏧 埃䏧曰無光　疓 博雅病也　鼐
鼎大者　⿰月襄 肥也　⿰車襄 轅也　⿱艹迺 艸名　○諰 息改切語也文二　⿱竹柰 竹名　葸
葸也論語愼而無禮則葸一曰[三七]離愼也　○騃 五亥切童昏也文四　顗 爾雅顗顗靜也　隑
長也倚也　敳 改理也
十六　○軫⿰車眞 止忍切說文車後橫木亦姓或作⿰車眞俗作⿰車尔非是文三十九　診

集韻上聲五　三十

[一]脣

[五]𢻃

[七]眕　明

[九]之

[十]禪

[十一]根

䚊說文視也或作覙　弫弓強也　胗疹說文脣[一]瘍也籀作疹[二]　聄𦕲[三]告也
或引禮聄于鬼神亦作𦕲通作眕[四]　眕說文目有所恨而止一曰安重也　姫慎也　沴
沴汈濜相著　抮了戾也　𢻃[五]𢻃𢻃喜而動皃一曰擊也　凬說文新生羽而飛也　㐱
鬒說文稠髮也引詩㐱髮如雲或作鬒　黰黑謂之黰　賑[六]䝩說文富也或作䝩　[七]軫
語辭一曰是也莊子奚來爲軫夫　砛以石致川之廉也　瘮痛病　趁走謂之趁　聄
明也　駗馬載重難行也　䡅笑皃　袗裖說文玄服或从辰　紾說文轉也　縝[illegible]縥
[八]矑也或从泉亦作縥　畛䀕說文井田閒陌也古作[九]䀕　稹說文穜概也引周[十]禮稹理而堅之[十一]　[illegible]說文
顏色㐱䏲慎事也一曰慙也　振禪也禮振絺綌通作袗縝　槙木理堅密也一曰木振[十二]相迫

[十三]況

[十四]頣

[十五]之

[十六]裖

[二〇]鈍

[二一]朐

[二二]𦎫

○弞矧𢼊訠　矢忍切說文況[十三]也詞也从矢取詞之所之如矢也或作[十四]矧𢼊訠文十一
㢽長也　弞哂吲說文笑不壞顏曰弞或作哂吲　頣說文舉目視人皃　笉
竹名　䱉魚[十五]鱔　○腎是忍切說文水藏也文十二　祳脤𦙶說文社肉盛[十五]以蜃故
謂之祳[十六]天子所以親遺同姓引春秋傳石尚來歸祳[十七]或作脤𦙶　鋠圓鐵　麎爾雅麎牝曰麎
蜃蜄𪓰蛤也說文雉[十七]入海化爲蜃或从䖵从黽　屒重脣　㰮說文指而笑也[十八]
釰錫也　○忍[十九]爾軫切說文能也文六　涊水[二二]名　汈沴汈濜相著　訒紉[二〇]也
難也　荵說文荵冬艸[二一]　肕朐肕縣名　○肙羊忍切繼也文一
十七　○準𦎫主尹切說文平也或作𦎫俗作准非是文十一　埻說文射臬也

〔三〕譚　〔四〕切　〔五〕胸　〔六〕僢　〔七〕舐　〔八〕蠢

肫頣也純緣也淳敦綧布帛幅廣也或作敦綧通作純譚〔三〕方言宋魯凡相
惡謂之譚蟫蜳陳蟫蟲行隸作蜳○蠢〔四〕𢧵𢧵戜尺尹切說文蟲動也引
周書我有蠢于西或作𢧵𢧵戜文二十惷𢾊說文亂也引春秋傳王室曰惷惷焉一曰厚也
或从支鬊髮亂皃偆說文富也一曰喜樂皃膥肥也朐胊朐䏰縣名在漢
中或从匀俗作胊非是䮞駿也春作也出也周禮春以功睶大目也㖺吹也
踳舛僢〔六〕蝽雜也或作舛僢蝽萶艸名○盾豎尹切所以扞身蔽目者
通作楯文六吮舐〔七〕也楯說文闌檻也揗摩也循階也輴車轉者
○蝡蠕〔八〕𧓍乳尹切蝡蠢蟲動皃或作蠕亦从𧓍文九氄毧說文毛盛也引虞書

〔九〕蕣　褎　〔一二〕杓　絲　〔一三〕榫　〔一四〕辭　〔一五〕字　〔一六〕容皃　〔一七〕觫

鳥獸氄毛或作毧愞劣弱皃㖺吮也蕣〔九〕藤韋絲或作藤○笉〔一〇〕
此忍切笑也文二䉠竹小○𣟃子忍切盡也文四盡〔一一〕極也任也濜湏濜
水波皃杓〔一二〕絲梳○盡在忍切說文器中空也一曰悉也文四濜水急流皃藎
艸名嬞女字○筍笋箰𥲻聳尹切說文竹胎也或作笋箰古作𥲻文十九簨
簨㮳栒所以縣鍾磬橫曰簨植曰簴或作簨㮳栒榫〔一三〕剡木相入芛艸木華初
生者爲芛𠣃𢘑說文驚亂〔一四〕也或从心䧴隼鶽鳥名說文祝鳩也〔一五〕或作隼〔一六〕一曰鶉〔一七〕子
亦作鶽䥅金之萌生曰䥅諄謀也僎愞僎劣弱皃恂嚴慄也○觫
阻引切角齊謂之觫〔一七〕文五毴毛髮齊皃亲木衆齊曰亲笫簀也周禮袵席牀笫徐邈

〔四〇〕灰　〔四一〕說文
〔四三〕眡　〔四五〕隱粼巛
〔四六〕文　〔四七〕砇
〔四八〕獜
〔四九〕稐

駗馬載重難也〔四〇〕捵手伸物〔四一〕○紖絼丈忍切說文牛系也或作絼文十一杒
栚木名灰〔四二〕可以染或从朕⿰月引博雅瘢也一曰遽也眒怒目謂之眒一曰目〔四二〕睛眹
目兆也朕革〔四三〕制也周禮函人爲甲眡其朕鄭司農說〔四五〕靷引軸也診視也桭木名○嶙〔四四〕
里忍切嶁嶙山峻皃文十九粼巛嶁嶙川形轔殷轔車聲燐鬼火𤳅高壠謂之
𤳅僯慚恥也通作⿰貝粦撛扶也挺也橉木皮曰橉一〔四六〕曰砌也閾也驎隱驎馬色駮也〔四七〕
一曰白馬黑脣瞵視不明蹸說不轢也一曰〔四八〕行皃璘玉皃磷砇石皃
或从吝⿱艹粦艸名〔四九〕⿰頁粦〔五〇〕少髮皃或書作⿰頁粦獜博雅健也⿱一閔燭息火存謂之⿱一閔⿺乚粦
憂也○稐䎂稛縷尹切禾束曰稐或从耒从囷文八惀思求曉知謂之惀淪

〔五二〕脣
〔五四〕𩌦
〔五五〕濥　〔五六〕螾作
〔五七〕⿱侖巾帣
〔五八〕準

没也尚書商其淪喪徐邈讀掄⿰田侖龍上或从田蜦蝹蜦蛇行皃〔五二〕〔五一〕緊紾
頭忍切說文纏絲急也或作紾文九⿰木緊木名胗瘢脈疹脣瘍或作瘢脈疹〔五三〕迸
菜名似蒿婜女字○螼遣忍切說文螾也文四⿱臤皮皮厚也⿺走臤說文行皃
繾繾綣纏緜也○引⿰扌引以忍切說文開弓也一曰導也古从手文二十廴說文長行
也从彳引之⿴行申申布也⿰口寅博雅笑也演水名弞笑不壞顏曰弞⿰月引當〔五四〕脊
肉⿰車申擊小鼓以〔五五〕引樂縯引也〔五六〕戭長戈鈏爾雅錫謂之鈏靷𩌦說文
引軸也籀作𩌦濥演濥水脈行地中螾蚓⿴行蚰蟲名說文側行者或从引亦〔五七〕从蚰紖
牛系也笉竹名○⿸疒雋才尹切博雅⿸疒雋瘦蛘也文一○尹⿱侖巾帣庾準〔五八〕

〔五九〕丿　〔六一〕𡕝　〔六二〕臣　〔六四〕𪘏　〔六五〕笑　〔六七〕隕　〔六八〕十四　〔六九〕人　霣　〔七〇〕顛

切說文治也从𢽍又㩜事者也古作𠂈𢽍文十六　允說文信也　〔六一〕𡕝說文進也引易𡕝升大吉　〔六二〕預

說文面目不正皃　玧瑱也　阭說文高也一曰石也　蚘蟲名　鈗說文侍目所執兵也引周

書一人冕執鈗　駀爾雅馬逆毛居駀　犹獵犹匈奴別號　〔六三〕楯盾干也或省　蜳陳蜳蜳

不安定意　〔六五〕沇水名　○齓創允切毀齒也文一　○齗擬引切說文〔六四〕劑斷也文七　𪘏

博雅笑也一曰齒齊　〔六六〕齗犷犬爭謂之齗或从犬　𦢈大脣也〔六七〕　笉笑謂之笉通作听

听大口謂之听　○〔六八〕磒羽敏切說文落也引春秋傳磒石于宋五通作隕文十三　〔六九〕䫻抎說文從高下也引易

有隕自天或作抎　殞歿也　霣𩅪說文雨也齊人謂靁爲霣一曰雲轉起也〔七〇〕古作𩅪

湞湞瀘水波皃　愪憂也　䫻䫻顡面不平正　笉笑也　顛說文面色顛顛皃

集韻校本

〔七一〕䓖　〔七二〕束　麕　〔七四〕麇　〔七五〕硱　〔七六〕藻　〔七七〕雞　〔七八〕文　簵　〔八〇〕軺　〔八二〕「令」

〔七一〕縜持綱紐說文𦃇也謂茅根一曰藕〔七二〕稍　瘨病也　○稇團麇〔七三〕苦磒切博雅束也或作麕

麇文四　僒偪也　○窘巨隕切說文迫也文二十　囷廩也　僒𠈁偪也或省

稛輪稛束也　𡃈欲吐皃　惲重厚也　䐃獸脂聚皃一曰腸中脂　𤥐博雅〔七五〕𤥐硱

齊也一曰玉名　莙艸名說文牛藻也似〔七六〕藻葉大　菌𦾾艸名說文地蕈一曰菌桂一曰〔七七〕麃藿

亦姓或作𦾾　麪餅屬　蜠貝屬爾雅〔七八〕蜠大而險　鵾鷄無尾　頵頭皃　卷朐〔七九〕卷

縣名在安定郡　箘箟䇹說箘箘簵也一曰博棊古作箟或作䇹　○輑牛尹切〔八〇〕說

文車前横木文六　稛輪稛束也　𤥐𤥐硱齊也　攟束也　䨕雨也　喗口大齒醜

皃　○脪痛興腎切熱气箸膚也〔八一〕令或作痛文二　○駗知忍切馬重也文一　○

〔八三〕趣　〔八四〕硃　〔八五〕覞　〔八七〕隴　〔八八〕壁　〔八九〕富　〔二〕捪 氏日

螼丘忍切蚓也文三趣〔八三〕行皃蝅蝅也○膹逋忍切剈也文二腀腱肉○

硃〔八四〕匹忍切石也文二覞〔八五〕覢暫也○蝅蓋姜愍切蝅也或作蓋文四螼螾

蟲名巾飾也○賰偆式允切賱賰富也或从人文三膥腪膥肥皃○囟思忍

切小皃頭〔八六〕會也文二胤爾雅繼也○楯辭允切干也文〔八七〕二○蜳柱允切螴蜳不安定

意文四㙙耕瓏也隊道旁短垣瑑壁上成文曰瑑○蹲趣允切蹲〔八九〕循緩意文

一○楯敕準切案也司馬彪說文三螴螴蜳不安定意偆當也

十八○吻肳㖧呅〔一〕武粉切說文口邊也或作肳㖧呅通作脗文十九脗

聚筋也脗脗合無波際皃伆離也抆捪〔二〕拭也一曰拒也或从昏刎歾斷也

〔三〕鄭　〔四〕傅　〔五〕穀　〔六〕黺　〔七〕奮　〔九〕膗

或作忞博雅忞忞亂也或書作忟勿覆也芴鉤芴艸名笏笢笏手循笛皃

物〔三〕鄭鄉名在廣漢汶𣵀水名或从敃湣水絕皃〔四〕○忿撫吻切說文悁

也文二魵魚名鰕也○粉府吻切說文傅面者也文六㡊說文以囊盛穀〔五〕大滿而裂

也〔六〕黺說文衮衣山龍華蟲黺畫粉也衞宏說通作粉扮㧱握也動也或从忿蒶

艸名○憤𢤱馮父〔七〕吻切說文懣也或从奮亦作馮〔八〕文二十忿賁怒也或作賁

濆涌也膹說文〔九〕膗也扮說文握也一曰動也并也弅隱弅丘高起皃坋說文

塵也一曰大防𪎊分也墳土膏肥也𤺋病悶也轒轒軨大車橨博雅

橨棣柎也𤗼牀版鼢𪖄蚡說文地行鼠伯勞所作也一曰偃鼠或从賁从虫獖

〔一〕木
〔二〕穀
〔三〕㥯
〔四〕魵

博雅狂獖犬屬 獖 土之怪 魵 魚名爾雅魵鰕出穢邪頭國 鱝鯲 魚名大鮋也形圜有
毒或从忿 棼 闕人名楚有伯棼〔一〕 盼 盼泉地名在魯通作賁 蕡 蕡藹水繁茂皃孫炎
說 ⿰忄奮憤 穀囊滿或从賁 秎 稽秎穫也
十九 ○隱 倚謹切說文蔽也一曰安也亦姓文二十四 𢀩 說文所依據也从爫工〔二〕 㥯
〔三〕㥯 憂病也哀也或作㥯 乚 說文匿也象迟曲隱蔽形 慇 痛也通作隱 癮𤺊
癮胗皮小起皃或不省 縸 博雅絣也一曰縫衣相合 𡾟㟪 𡾟嶙山高皃或从隱亦書作𡸁
濦𤅶 說文水出潁川陽城少室山東入潁或从隱 殷磤 雷聲詩殷其雷或从石〔四〕
轞輵 車聲或从殷通作殷 䨸 䨸靄雲皃 檼檃 棟也或从隱 䕃 䕃葱菜名

集韻上聲十二 二十三

〔五〕歸 〔六〕廋
〔七〕慇
〔八〕齧若 〔九〕堇柳
〔十〕𢀩 〔十一〕說
〔十二〕蠡
〔十三〕柔

集韻上聲十二 二十二

似蕨 蘟 蘟堇艸名 肙 歸也〔五〕 讔 廋語〔六〕 ○螼蚓 許謹切蟲名蚯蚓也吳楚呼爲
寒螼或作蚓文六 脪痛 創肉反出也或作痛 劤 多力也 炘 博雅爇也 ○
赾 口謹切說文行難也文六 ⿰齒堇 齫齗齒皃 螼 蟲名蚓也〔七〕 听 笑皃 齗 口上肉 圻
界也 ○謹 几隱切說文慎也文二十三〔八〕 慬 慇也憂也 赾 行難也 堇菫
𦰡 艸名爾雅謂之蘦苦今堇葵也一曰黃〔十〕古作墓𦰡 菫〔九〕 說文艸也根如薺葉如細柳蒸食之
甘 𪏊 博雅𪏊黐黏也〔十一〕 巹 說文謹身有所承也 㨷 拭也 靳 肕也 嫤 好皃 𧀄
巹 說文蠡也一曰瓢也或作巹〔十二〕 𨗎芹 菜名類蒿或省 篁 竹名 槿 木名
舜也 ⿰牛堇 博雅柔也謂牛柔馴〔十三〕 廑 闕人名衛有治廑 漌 清也 縺 織紋緻密 瑾

〔一四〕齓

〔一六〕吻

〔一九〕蘊　〔二〇〕宛

〔二一〕泄　〔二二〕褞

〔二四〕柱

美玉〇齓〔一四〕初堇切說文毁齒也男八月生齒八歲而齓女七月生齒七歲而齓文一〇近芹巨謹切迫也古作芹文三瘽病也〇听語近切說文笑皃文三齗口上肉齤笑也〇抎〔一五〕羽粉切說文有所失也引春秋傳抎子辱矣文十一䫻䫻頵面急也縜持綱紐殞病也噴〔一六〕廣雅吐也殞殂也熉黃皃愪憂也磒〔一七〕石落枃梳运走皃〇擴舉蘊切博雅取也文二庫儲積也〇惲委隕切說文重厚也文十八薀〔一九〕蘊菀宛〔二〇〕說文積也引春秋傳蘊利生孼或作蘊菀亦省壼壹壼不泄〔二一〕皃褞〔二二〕衣也韞藏也縕枲也紼也輐輴輐車也暉暉膪富也醖釀也揾〔二四〕博雅柱也愠心所蘊積也腪腪膪肥也榲木盛皃一曰櫝也媪

〔二七〕趣

〔二八〕作唱

〔三〇〕去

〔一〕原闕　〔二〕柯

〔三〕追

〔四〕怨宛　〔五〕夗

〔六〕小

女字蝹蝹蜦蛇行皃〇齳齫牛吻切說文無齒也或作齫文九夽說文大也超趣走皃或从囷喗唱說文〔二八〕大口也或从君輑車前橫木𤥽珢齊也〇⿺走囷〔二七〕丘粉切說文走意文六糂粥稠皃稛䖵束也或从麇卷縣名在鄭麇羣也春秋傳求諸侯而麇至

二十〇阮〔一〕五遠切說文代郡五阮開也亦姓文九沅〔二〕水名在牂牁邧說文鄭邑也追〔三〕小弱皃⿰目元視也顐面不正[illegible]樂名願面短皃⿺走慮走皃〇宛〔四〕委遠切說文屈艸自覆也古作寃文三十四夗〔五〕說文轉卧也妴說文婉也婉說文順也引春秋傳太子佐婉院垣中也晼目開皃一曰嫵媚俛方言歡也詤

〔一〇〕足　〔一一〕韈　〔一二〕鞔

〔一三〕複下

〔一五〕畞

〔一六〕鳧女　〔一八〕眼

〔二〇〕遼

慰也從也踠屈也廷〔一〇〕跌也䘼襪〔一一〕也一曰袖耑屈〔一二〕𩌂䩩量物之𩌂或从宛𩊱說文

䡝方言自關而東〔一三〕履其庳者謂之䩩或作䡝䑱〔一四〕舩說文舟也或作舩琬說文

圭有琬者畹䀎說文田三十畞〔一五〕也或作䀎苑說文所以養禽獸也菀艸名說文茈菀

出漢中房陵亦姓涴涴演水皃蜿蛩蜿蟺蚯蚓也或作蛩𡷓山名鳧闕山海經

文〔一六〕和月母之國有人名曰鳧醃面柔也韓詩青〔一七〕楊醃兮通作婉睕景昳也𥃩〔一八〕指目也

箢竹器綩䊷冠絭也一曰纁色衣一曰罔〔一九〕也或省𡝐人死皃裷襎裷幞帊○

遠遠𢓍雨阮切說文遼〔二〇〕也古作遠𢓍文七顤說文面不正也薳蒬薳𦬸

藥艸或作蒬𡘋奢也大也○咺喛火遠切說文朝鮮謂兒泣不止曰咺一曰懼也或从爰

〔二一〕閒

〔二三〕叓

〔二四〕卷

〔二五〕㦞

〔二六〕饘稀摶〔黍〕

〔二七〕卷　〔二八〕摶

文二十愃說文寬嫺心腹皃引詩赫兮愃兮𡘋奢也大也諼萲詐也或作萲

暖說文大目也𧡮𡘋說文大視也或作𡘋晅暅晅日氣也或作暅晅

烜光明也煖溫也暖柔婉皃莊子〔二二〕有暖姝者諠忘也漢書諠已而遺形通作諼

蔨〔二三〕艸名山海經孟子之山多蔨蒲也夐〔二三〕營求也媗女字也緩寬綽也○𢍏

九遠切屈也文三餋祭也卷〔二四〕䜌卷不舒也○綣苦遠切繾綣不相離〔二五〕散也文十

四䅈禾相近謂之䅈藋萑葦之類初生者皆名藋郭璞說裷䙕謂之裷𢔘徐行

也𥹰䊷粽說文粉也一曰饘〔二六〕稀摶也或从黍亦作粽圈圈豚行不舉足皃一曰轉也

拳拳拳奉持皃卷〔二七〕區也禮一卷石之多范宣讀捲摶〔二八〕也𢐨弓曲謂之

〔三〇〕鐵

〔三三〕譴　〔三四〕峰　〔三五〕牡授

彏或作彍〔二九〕○𧯷 窘遠切豆屬文十四 箘 竹名 菌 艸名蕈也 蔨 艸名鹿豆也葉似大豆根黃而香郭璞說 圈 畜閑也亦姓 𨻧 聚名在河陳〔三〇〕 卷捲 斂也或从手 弮 屈也 綣 束也 鬈 髮曲皃 錈 屈金也呂氏春秋柔則錈堅則折 𪎊 餅鬻〔三一〕 裷 襪也○幰𢁉 許偃切張繒車上為幰或从軒省文十一 軒 車軾 攇攑 博雅擬也一曰手約物或作攑 𧕿蚓 寒𧕿蟲名蚯蚓也或作蚓 憲 恨也 𤺺 寒病 讞 很戾也 𧽻 走皃○湕 紀偃切水名出南郡文二十〔三二〕 犍 獸名似牛 揵 舉也難也 〔三三〕寋 爾雅徒鼓磬謂之寋一曰女字 𥳧 竹名 𠡠 難也 謇謇謇〔三四〕 方言吃也或作謇謇 𡾟 𡾟嵃山阿也 𢐀 弓強也 蹇 說文跛也 鍵 門牡〔三五〕也周禮授管鍵鄭司農讀

〔三六〕騁　〔三七〕猜　〔三九〕言　〔三八〕言　〔四〇〕閵　〔四一〕𢤱　〔四二〕崦　〔四三〕㫃 𣃦 屮

楗 馬〔三六〕行不利也考工記終日馳騁左不楗杜子春讀 腱 大筋 褰 字林袴也 建攓 覆也漢書居高屋之上建瓴水或作攓 鰎 魚名 𧳜 博雅𧳜〔三七〕貑子也○言 去偃〔三八〕切言言脣急皃文二 僆 健僆相从也 㖧 喂嗟凝皃○言 語偃切言〔三九〕言脣急皃文十 齗 齘、 齒露皃或作齗 巘 山形似甗或書作巘 甗 甑也 𤮊 博雅瓢也 遃 方言行也 嵃 嶘嵃山皃 屵嵃 仰也或从言○寋 巨偃切徒鼓磬文十二 腱 大筋 鍵 說文鉉也一曰車轄 楗閵〔四〇〕 拒門木或从門 𡾟巇 𡾟嵃山皃或从蹇 僆偃 据也〔四一〕一曰偃蹇不從或从寋 揵 舉也 〔四二〕鑳 籥牡也通作鍵 蹇 跛也○匽 隱𢤱切說文匿也文二十七 偃 說文僵也亦姓 㫃𣃦 說文旌旗之游㫃蹇之皃从屮曲而下垂㫃相出入

〔四四〕褗

也古人名扨字子游古作㳄㠾山形䝱物相當也隁阪也堰壅水也通作偃郾
縣名在潁川〔四四〕鄢傿地名在鄭或作傿趨走皃嫣長皃㥾㥾惼性狹褗
說文褔領也鶠䳺說文鳥也其雌皇或从隹鼹鼴鼠名或从匽通作偃鰋
鰋魚名說文鮀也或从匽蝘䗂蟲名蜩螗也一曰蝘蜓守〔四五〕宮或从䖵𧳜𨫼戟三
刃者謂之𧳜或从金躽傴也䁝視也〔四六〕○䪤翻阮切醜皃文四覢觀覢暫見畚
不釋米釀也鴘鷹二歲色○反〔四七〕反仮甫遠切反說文覆也古作反或作仮文十四
返仮行還也或从彳阪坂岅說文坡者曰阪一曰澤障一曰山脅也或从土从山
轓車蔽䡊說文車耳反出也橎木名不華而實犿連犿相從皃䛀權言

〔四七〕牝　〔四八〕車　〔四九〕饒　〔五〇〕勗　〔五一〕冕　〔五二〕癡

合道瓪牡〔四七〕瓦○䡊橎父遠切車上篷或作橎文八飯𩚵飰食也或从弁从
卞笲竹器所以盛棗脩〔四八〕鴘鷹二歲色𩑺無髮也○晚武遠切說文莫也文
二十輓挽說文引之也或从手鮸魚名梚木名㝃生子免娩也娩婏〔四九〕嬎
容順脕愉也一曰色美澤𤿎博雅離也謂皮脫離葂闕人名莊子有蔣閭葂通作菟䭀
博雅貪也鞔履空曰鞔免黜也勉勗〔五〇〕也俛頫俯也或作頫冕〔五一〕冠有延前
俯也䘑服也䅋禾名莬艸名○塡徒偃切塡塡質重皃一曰詳徐皃文一○
𤵸芳反切方言惡也文一○㖥丑〔五二〕憶切㖥嘍凝皃文一○僆力偃切僆傻相从也
文一○冕忙晚切冠有延前俯也文一

〔二〕鱒

〔四〕麵

〔五〕酒

〔六〕皀

〔七〕領

二十一○混渾 户袞切說文豐流也一曰雜流或作渾文四十 倱 倱伅不慧也通作渾 鯇鯶 魚名似鱒〔二〕而大或作鯶 緷 束羽也爾雅百羽謂之緷 䓵莞 艸〔三〕名爾雅䓵芙蘺或省 稇 束艸也 𦵓〔四〕麵 麥 焜燀 說文煌也或从軍 㯻 說文橐也 棍 束木也揚雄曰棍申椒與菌桂 錕 車釭 溷 濁也亂也 諢 謀也 沄 水流皃 婫 女字 輥 車轂齊等皃 很 不聽行也行難也 顐 顐顐面急一曰〔五〕面首俱圓謂之顐 睔䁅 目大皃或从昆 觨 角圓皃一曰獸角謂之觨 醌 醻〔六〕相沃謂之醌 [illegible] 說文大皐也〔七〕 掍 博雅同也 睴 大出目也一曰睴睴視皃 硍 鍾病聲周禮高聲硍 鞎 車革前也 領 頰高也 緄 緄夷西戎名通作混 捆 博雅扣也 䐊 圓長皃

〔九〕䁟

〔十〕總

〔十一〕口

〔十三〕稛

〔十四〕捆屨

〔十五〕齫

〔十六〕碖

〔十七〕頰

〔二十〕古 蟠

〔二一〕睔

昆 闕人名漢有公孫昆邪 梡梱 說文梡木薪也或作梱 晥 地名在舒 䁟〔九〕 䁟眩 ○惛 虎本切惛憊不憭也文三 䵪 黑也 緫〔十〕 結也 ○梱閫朱 苦本切說文門橛也或作閫朱〔十二〕文二十五 壼𡈾 說文宮中道也从〔十一〕口象宮垣道上之形引詩室家之壼古作𡈾 稛〔十三〕 稛䄩圛圂 說文絭束也或从衣亦作圛圂稛一曰致也 緷 大束也 悃 說文愊也 捆〔十四〕 齊等也孟子捆屨織席 綑 織也 齫〔十五〕齦 齒起皃一曰齧也或作齦 硱 碖〔十六〕硱石落皃 ⿰足困 說文瘃足也一曰跡也 䫮 無髮也通作䫟〔十七〕 䫟 頰高也 莨 艸名似著食之不夭 豤𪘏 豕齧物也或从齒 詪 譀詪很皃 墾 耕也 懇 誠也 ○袞卷 古〔二十〕本切說文天子享先王卷龍繡於下幅一龍蟠阿上鄉或作卷文三十六 睔〔二一〕

[二二]轂
[二三]慦
[二四]褱
[二六]鰥
[二七]鱒
[二八]蓸
[二九]叉
[三〇]也丶

說文目大也春秋傳有鄭伯睔緄說文織帶也輥說文轂[二二]齊等皃引周禮望其輻欲其輥
緷束也百羽為緷蔉壅苗也惃𢤷博雅惃慦[二三]亂也或从衮丨說文上下
通也引而上行讀若囟引而下行讀若退滾混渾大水流皃或作混[二五]渾諢語不明
硍鍾病聲謂鍾高[二六]則聲上藏衮然旋如裏輥車轉錕車釭齊燕海岱之間謂之錕
掍䁚說文同也或从同鯀說文魚也䯨舷鰥[二六]闕人名禹父也或作舷亦
作鰥通作鯀骸鯶魚名[二七]似鱒槖大束貇鷙鴨炙也䃂耕也懚懚懚濦也
顐頣頰高也或从艮菎艸名[二八]藺也骸細骨捆拑也楎六尺犂[二九]也一曰
犂轅旛旗名丆鉤逆[三〇]鋩丶○穩鄔本切蹂穀聚也文八熅熅炳熱也㒚

[三二]杏　[三三]畚
[三四]橦　[三五]栩
[三六]味　[三七]笨
[三八]㤓　[三九]体
[四一]麇　[四二]牡　[四三]麼　[四四]餘

𨇠安也或[三一]从足通作穩俗作㝟非是[三二]縕赤黃色禮士縕紱頵頵頵面急[三三]𠿒嘾嘽
小口愠愠惀煩憒○本夲[三三]補衮切說文木下曰本古作夲文六畚畚說文斷屬
蒲器也所以盛種[三四]或作畚笨說文竹裏也苯苯尊艸叢生○翉[三五]普本切鳥飛上起文
二呠[三六]噴也○獖部本切廣雅犬屬一曰守犬文十四[三八]泍泉涌皃[三九]笨[三七]竹裏一曰不精也楍
楍舟篷也或作栙穦穩積穀[三八]未簸皃[四一]㤓性不惠也体[三九]儜劣𨋵輪
車篷也[四一]或作輪麇麇粃[四二]墳土起麼麻蒸也[四三]餴粗食○潣蔥惽
鞔母本切煩也或省亦作[四五]惘鞔文八潣水盈皃悗廢忘也莊子悗乎忘其言一曰無匹
皃暪暗[四五]也悶悶然混然也○損扷鎖本切說文減也古作扷文九䐣臏

〔四六〕孰　〔四七〕甲　〔四八〕沓　〔四九〕怨

說文切熟肉[四六]內於血中和也或作膞瘁瘁瘃惡寒也䁎目病跣裸足行也硄石次玉者姺國名○忖寸取本切度也或省文五刌村博雅斷也或作村譐聚語○剸祖本切說文減也文八撙挫也禮恭敬撙節噂譐說文聚語也引詩噂沓[四八]背憎或从言僔博雅僔僔衆也䔿萃䔿艸叢生蹲雉名嶟山高皃○鱒粗本切說文赤目魚文十䔿說文叢艸也𥢶蕛禾穳也或作[四七]蕛㖨喗大口也或作喗洊再也易水洊至蹲聚也春秋傳蹲用而射之徐邈讀壿說文舞也从士引詩壿壿舞我僔說文聚也引詩僔沓背憎○黗吐袞切說文黃濁黑文九畽𪑬[四九]怨畽行無廉隅或从黑淟淟涊水濁肫烹肉也吨吨吨言不了錪方言錪錘

〔五二〕怨　〔五三〕本　〔五五〕硱　〔五六〕司農

重也𪑶𪑶懛不明也𧩯譔誏很皃○𥫨囤𥯤[五〇]杜本切說文篅也或作囤𥯤笆一曰簏也文二十四盾闕人名春秋傳晉有趙盾沌水不通一曰混沌元氣未判純束也炖火盛皃庉說文樓牆也一曰室中藏坉塞也伅敦倱伅不慧或作敦𢫬推也遯遁逯踲遷也逃也或从盾从豕亦作踲腞腯豚行曳踵或[五一]作腯豚𠐊僊去也潡大水𢅥[䊡]米斷屯聚也忳愚也○怨[五二]魯本[五三]切怨畽無廉隅文六惀[五四]廣雅思也一曰欲知皃稐束也碖碖硱[五五]石落皃睔目大也淪混淪水流轉皃○㶳弩本切博雅爓㶳煗也文三涊淟涊濁也渜水也○限魚懇切限切急意文三眼出大皃周禮[五六]望其轂欲其眼也鄭康成讀𡵅山名○芚

〔二〕很

〔三〕很

治本切无知皃莊子聖人愚芚郭象讀文一
二十二○很下懇切說文不聽从也一曰行難也一曰盭[二]也文五 詪說文眼[三]戾也
拫牽也 蓘艸名似著食之不夭 䡋車革前也 ○稳安很切艸名文一 ○懇
口很切誠也文八 詪眼戾也 硍石皃 墾耕也 頎至也一曰惻隱 齦說文
齧[四]也 豤 狠說文齧也謂豕齧物或从犬 ○頣 顉舉很切說文頰後也或作顉文三
詪博雅詪很語也 ○顉其懇切頰高也文一 ○洒蘇很切驚皃莊子洒然異之文一
二十三○旱下罕切不雨也文十三 𡶩山名在南[五]鄭 睅博雅白也 草
艸名 𧩙大言也多言也 悍性急也通作旱 垾小堤 䶇勤也 睅 暖大目或作

〔三〕网

〔四〕罕

〔五〕古文信

〔七〕取乀秆

暖 眅揞目 覞大視也 䟭偏立 ○罕許旱切說文罔[六]也一曰希也亦姓文十六
蔊 蔊菜名味辛或作蔊 厂 厈山石之厓巖人可居籀从干 暵 熯 焊
乾[七]也或作熯焊 暵 䅺耕也或从耒 鷨艸名 灘 灘水濡而乾也或从鳥 軒[八]
闞人姓鄭有軒虎 涆水名 鶾鳥名 ○侃可旱切說文剛直也从
㐰仁古信[九]字从川取其不舍晝夜引論語子路侃侃如也文三 衎說文行喜皃 鶡五色晝夜鳴 鶡鴠[十]鳥名似雞
○笴 幹 簳 笴古旱切字林箭笴也或作幹簳亦省文二十一 稈 秆 䕸
䕸說文[十一]禾莖也引春秋傳或投[十二]秉稈或作秆簳䕸 芉艸名一曰蕙苡子 衦 䊻摩展
衣也或作䊻 擀 扞以手伸物或省 盰目多白也一曰張目 仠長也 奸 䵟

〔三〕皃
〔四〕也
〔五〕刑
〔七〕犬

靬說文面黑气也或作黚靬椅櫸柢也或从竿矸彌繒也
二十四○緩⿰素爰户管切舒也或从素文三十一㣪徽㣪徐行捖擊也摩也
⿰赤完赤色一曰濁也瀚澣浣濯衣垢[一]也或作澣浣綄博雅纏也一曰船上候風羽
⿰山完山多[二]曼明也暖[三]大目皆也覶大視也梡棵斷木也一曰木名一曰薪
蒸束或作棵賗睆賗[四]小有財、⿱竹爰博雅籥⿱竹爰節也⿱艹睆莞艸名芙蘺也或省鰀
鯇鯶魚名或作鯇鯶嵈山名睆縣名在廬江輠回也禮叔孫武叔見輪人以杖
關轂而輠輪者輐圓也形[五]截之所用漶漫漶難測也⿺麥完全麥[六]⿺麥完蘐蕉也敹
反器大口餐食大[七]豕曰餐○盌⿱夗瓦埦椀鄔管切說文小盂也或作⿱夗瓦埦椀文

〔九〕求
〔一〇〕襱
〔一一〕涑
〔一二〕玉
〔一三〕泠

十一捥取也腕腕賗小有財宛闕人名春秋傳使宛來歸邴婉順也詩燕婉之
來[九]徐邈讀取指目睆睕小嫵媚或从宛○款款苦緩切說文意有所欲也或从
柰俗作欵非是文十七⿰扌款捉也窾空也⿰金款燒鐵也⿰衤官攏[一〇]也棵梡欵
斷木也或从完从款⿰魚款魚名⿰彳款徽㣪徐行顆⿱艹款艸名爾雅菟奚顆凍[一一]或作款⿰禾官
禾病也捖擊也⿰氵款水名也緩舒也○管琯古緩切說文如篪六孔十二月之音物開
地牙故謂之管或从玉古者[一二]琯以玉舜之時西王母來獻其白琯前零陵文學姓奚於[一三]泠道舜祠下得笙
玉琯夫以玉作音故神人以和鳳皇來儀也管一曰姓也通作筦文[一四]二十⿰虫官蟲名筦說文竽也
輨斡說文轂端[一五]沓也或作斡錧田器博雅鍊鏄錧也⿰革官說文車鞁具館

〔一六〕綰　〔一七〕殖　〔一八〕府　〔一九〕金　〔二〇〕判　〔二一〕㒳廿　〔二二〕地　〔二三〕眉

客舍也俗作館非是𧛔博雅綺其綰〔一六〕謂之襬盥灌澡手一曰灌祭也或作灌悹悹悹無依也一曰憂也或書作悺痯爾雅痯痯病也浣滌也史記身自浣滌劉伯莊讀逭爾雅逃也脘朊說文胃府也一曰即胃脯漢殖〔一七〕貨傳濁氏以胃脯連騎或省腤謂腤閬所以出鍵也通作管○滿母伴切說文盈溢也亦〔一九〕姓文十一懣㦖煩也或省䕮蔄博雅䕮蔄也或从滿鏋金〔一九〕精謂之鏋浼汚也䩥塗面也曼曼〔二〇〕㥃不分明皃㒼平也五行數廾〔二一〕爲一辰有兩㒳平故从廿从兩䘑以〔二二〕血塗也○坢普伴切平坦也一〔二三〕曰發地趆走〔二四〕皃奤面大也拌捐弃也○粄粋餅補滿切屑米餅也或从半从食文四㼎瓪牝大䡝車輪䡝也般漢縣名在今齊州文九昄大也䡝䡝也般地一曰面平皃跘

〔二五〕竝　〔二六〕棄　〔二七〕拌　〔三〇〕支竹　〔三一〕餭　〔三二〕鬢

交足坐驜卧䯀○伴部滿切說文大皃一曰侶也文八扶說文並〔二五〕行也鉼鞶也竝並同竝縣名在㭒牱或作並拌博雅拌捐棄〔二六〕也昄爾雅大也科物之相和通作伴〔二七〕○㪚〔二八〕散顙旱切雜肉也隸作散文十四橵麻分也通作散糤飛也繖〔二九〕𢄼傘𠍳說文蓋也或从巾亦作傘𠍳䉈博雅葛䉈桃枝〔三〇〕竹也說〔三一〕文熬稻粻餭也或从米𥳑竹器鏾弩機緩謂之鏾䕤艸名○鬢〔三二〕子罕切髮好也一曰光澤皃文四趲逼使走也欑補也攢折也○瓚〔三三〕在坦切宗廟祼器一說三玉二石曰瓚四玉一石曰瓏玉石相半曰埒諸侯用之文四欑𢤫欑祭處趲逼使走囋嘲也○算選撰損管切說文數也或作選撰文七匴說文渌米籔也篹籑

〔三四〕箾
〔三六〕纂
〔三八〕管
〔三九〕最
〔四〇〕酇
〔四二〕亶

籩屬一曰竹木素器或作簋通作匴 𥳑 博雅箾〔三四〕謂之𥳑〔三五〕 ○纂 纂 纗 祖管切說文似組而赤〔三六〕一曰集也或作纂纗文十九 纘 車衡二束〔三七〕 纘 𡲞 說文繼也古作𡲞 穳 廣雅鋋也 欑 矛戟柄一曰管〔三八〕欑禜祀之所 儹 說文最〔三九〕也一說聚而計事曰最 籫 篹 說文竹器也或作篹 酇〔四〇〕 說文百家爲酇酇聚也一曰縣名在南陽 燇 焌 灼龜也或作焌 僔 衆也 鐏 戈柄下銅 趲 逼使走也 穳 纂 禾積也或作纂〔四一〕 ○鄹 郰 緒纂切亭名在新豐或省文五 選 算 筭 數也或作算筭 ○亶〔四二〕 單 黨旱切說文多穀也一曰誠也厚也或作單俗作亶非是文二十二 癉 癉 風病或从單 鴠 鶡鴠鳥名 閆 㢑廖也 嘽 慄也 疸 黃病 笪 担 博雅擊也亦姓或〔四三〕从手 皽 面膚病也 𦨻 博雅

〔四四〕獵狚
〔四五〕動胃
〔四九〕文
〔五二〕唌
〔五三〕襌

紽𦨻〔四三〕危也 狚 獸名獵〔四四〕亶也 嬗 嬋也 燀 厚熱也呂氏春秋衣〔四五〕不燀熱 𢋆 偏舍謂之𢋆 繵 緩也通作嬗 𠟍 割也 繵 束也史記〔四六〕繵緣中經維絡 僤 速也動也 憚 怛 勞也或作怛 ○坦 壇〔四七〕 儻旱切平也明也或作壇〔四八〕文十三 閆 關也 儃 儃儃舒閒皃 僤 速也動也 靻 韇 柔革或作韇 䀂〔四九〕 明也 璮 玉名 𩑰 面平也 嘽 嘽延〔五〇〕聲舒緩也 㪔 㪔數無〔五一〕文 嬗 緩也嬋也 ○但 袒 襢 亶 蕩旱切說裼也或作袒襢亦省文二十三 膻 胆 說文肉膻也引詩膻裼暴虎或省 儃 何也 僤 速也 誕 邅 唌〔五二〕 說文詞誕也或省亦从口誕一曰大也 𦨻 說文小觶也 䁴 瞳也 繵 襌〔五三〕也一曰大帶謂之繵 憻 憻怳喪之輕服 𩋙 馬帶也 潬 江東呼水中沙堆爲潬今河陽

〔五三〕持　〔五四〕嬾　〔五五〕也　〔五八〕惰　〔五九〕斷剅韶斷　〔六〇〕𢸕籑　〔六二〕䝹　〔六一〕𨇤　〔六四〕曈　〔六五〕誺　〔六六〕悿

縣南有中潭城　蜑𧊅蠻屬或从䖵〔五四〕　憚勞也難也　撣說文提荷〔五三〕也　嬗緩也婢也　柦木器如橛無足　○嬾懶悚㦨孄孏魯旱切說文解〔五五〕也怠也一曰臥也或从心亦作悚㦨孄孏文十五　糷〔五六〕糰𥻍飯相著也或从蘭〔五七〕从柬　灡潘也　讕調　嚂詆讕誣言也或作調嚂　攋方言〔五七〕壞也　禶惰於祭也　○虦士嬾切爾雅虎竊毛謂之虦貓施乾讀文一　○攤乃坦切按也文二　㬮以巾拭墀之〔五八〕　○短拞覩緩切說文有所長短以矢爲〔五九〕正或从手文九　䄪布襦〔六〇〕　斷剬韶斷〔五九〕截也古作剬韶斷俗〔六一〕作斷非是　𢸕博雅轉也一曰轉籑也　䝹睆䝹小畜　○疃〔六三〕畽墥暖〔六二〕𨇤土緩〔六四〕切說文禽獸所踐處引詩町曈鹿場或作畽墥暖𨇤文九　讙誺讙言惑　悿悿懘心惛　瘓

〔六七〕鞖　〔六八〕韶　〔六九〕鞖　〔七〇〕䉵　〔七二〕卵　〔七三〕㦉曈　〔七六〕形　〔七九〕湪　〔八〇〕垣

瘓瘓病皃　鞖〔六七〕履後帖　○斷斷韶〔六八〕剬杜管切絕也古作斷韶剬文八　𨇤說文踐處也　鞖〔六九〕緞鞖履後帖或从系从革　○𩯭千〔七〇〕短切說文精䉵也文二　𩮀重祭　○卵〔七二〕魯管切說文凡物無乳者卵生象形文二　㦉〔七三〕行無廉隅謂之曈㦉　○偄〔七四〕阿〔七五〕切偄偄不懼也文一　○輐五管切輐斷刑截所用也一曰圜皃文二　鯇〔七六〕鯇斷無圭角皃　○〔七七〕煗煖暖㬉乃管切說文溫也或作煖暖㬉文十一　餪博雅餪〔七八〕餫饋也一曰女〔七九〕嫁後三日餉食爲餪女　渜湄說文湯〔八〇〕也或作湄　稬稻也　䙇短襦也　堧垣外餘地　臑體㬉也　○豢胡滿切養也莊子民食芻豢文二　輐圓皃　○𤄩火管切弄水也文三　𤻝痛也

〔三〕迅
〔五〕赧
〔六〕戁
〔七〕撊
〔九〕黹
〔十〕鐘鼓

二十五○潸數版切涙下皃文二　霽雨皃○殘楚綰切說文齧也文一　䶪䶪齗齒不正皃○酢阻〔二〕版切酢酥老也一曰色慙文三　拃摸也　㳽迅〔三〕飛皃○蝬仕版切蟲名爾雅蜆馬蝬一曰蟬大黑者謂之蝬文三　虥〔四〕虎竊毛謂之虥猫　䶪齗䶪齒不正皃○撰巻雛綰切持〔四〕也具也或作篹巻文五　饌篹具食也或作籑　簨竹器禮食於箕徐邈讀○赧〔五〕𧹞戁〔六〕乃版切說文面慙赤也周失天下於赧王或从皮亦作戁文八　醂䤊酢酥色慙或作䤊　戁說文敬也　㬎說文溫溼也　虰蟬屬○㬎丑赧切㬎㬎溫溼皃文一○僩下赧切說文武皃引詩瑟兮僩兮一曰〔八〕寬大皃文七　憪愉也　撊〔七〕忿皃春秋傳撊然授兵登陴　橌大木　捍止也　𤡩猛也　蕑〔九〕以飾縣〔十〕鐘鼓也○齗

〔三〕「一」
〔四〕莧
〔五〕絹　繫
〔六〕蝜　螌

齗雅版〔一〕切說文〔二〕齒見皃或从开文二　嵃巇嵃山皃○睅睆〔三〕戶版切說文大目也或从完文十九　鯇說文魚名　皖睆明皃或从日　鋎刃也　莧〔四〕莞唍莧爾笑皃或作莞唍　䘼衣褔　𪍿麲黃蒸𪍿子一曰全麥爲麴或从完　岏山名　悍急也　擐木柵也史記擐若囚拘劉伯莊讀　旱日出皃　脘肉也　捍捍摅搖動　浣水名在江夏○綰鄔版〔五〕切說文惡也一曰絳也縜也繫也文五　捾取也　𨠸曲面謂之𨠸　〔六〕舘闕人名漢有左悺　眅捾目○版板補綰切說文判也或从木文八　蝂蝜蝂蟲名或書作螌通作版　舨艟舨舟也　瓪說文敗也一曰牝瓦　鈑爾雅鉼金謂之鈑　胖夾脊肉一曰半體也周禮膴胖杜子春讀　昄說文大也○眅普版切多白眼也文二　眅

大也○阪坂皈部版切坡也或从土从𠂤文八返仮說文還也引商書祖伊返
或从彳昄大也反難也詩威儀反反沈重讀魬魚名○矕母版切說文目矕矕
也一曰目美皃文六娨傲慢也蔄菜名瞞瞞然慙皃昄多白眼也矕艸名
二十六○產〔一〕所簡切說文生也文十二簅大籥通作產摌捍摌手精擇物
也㹌說文畜牲也嵼𡾊嵼山曲皃汕魚遊〔二〕水也滻說文水出京兆藍田谷入
灞一曰出涕皃簅竹器驏馬名樼木名䊲䊲粟也㦃全德也○剗
楚限切平也翦也韓詩勿剗勿敗文十三鏟說文鏶也一曰平鐵〔三〕丳燔肉器羼說文
羊相厠也从羴在尸下尸屋也一曰相出前也㦃全德也䊲䊲字林䊲粟也或作䊲𦟛

〔一〕產
〔二〕游
〔三〕鐵

皮也𤡌說文齧也𪌵麥也䟃徒騎也劗劗也戔㦉傷也○㦃㡧綰
切全德也文二䊲䊲粟○醆阻限切盎齊也禮醴醆在户文十一〔五〕琖𧣴盞湔
〔六〕錢玉爵也夏曰琖殷曰斝周曰爵或从角从皿亦〔七〕作湔錢𣜍木名棧爾雅鐘小者謂之棧
東晉元興中剡縣民共中得一鍾長三寸口徑四寸銘曰棧一曰淺也𡾊嶘𡾊嵼山峻皃或
作嶘戔㦉傷也○棧仕限切說文棚也竹木之車曰棧亦姓文十八硋博雅跂也
一曰蜀道輚轏臥車也一曰兵車或作轏通作棧𦠆腹大皃𤡌犬食曰𤡌嶘
𡹷說文尤高也或省亦書作𡾊䱼鱘魚名或从孨孱博雅惡也一曰孱陵縣名
在武陵𦏵羴羴羊屋也或从羊僝具也劖博雅攻也虥虥貓獸名𪗋

〔五〕犬
〔六〕錢
〔七〕井

〔二〕禎　〔三〕束

〔三〕在

〔六〕盼

齹跌皃蛾馬蛾蟲名○限下簡切說文阻也文八硍石聲𥇍說文大目也一曰睌𥇍目視皃掔牛不從牽謂之掔閬㡯𣐺閾也或作㡯𣐺通作限骭脛中也○齦𤘷起限切博雅齧也或从牙文二○簡賈限切說文牒也一曰略也閱也誠也亦姓文十二橺說文大木皃瀾說文淅也僩撊武皃爾雅瑟兮僩兮或作撊襉帬幅相襵也或省柬揀說文分別簡之也從柬八八分別也或从手通作簡暕明也𥳑說文𥳑存也覵視也閒地名春秋傳犬蒐于昌閒○眼𥃩語限切說文目也古作𥃩文六齴棧齴高峻皃嵃嶘嵃山皃𨇠跡也喭小笑皃○盼匹限切動目也一曰美目皃文一○睌武簡切說文睌𥇍目視皃或書作䀍

集韻卷五　上聲上

集韻校本

〔一八〕迫

文一○版板蒲限切籍也古从木文三阪阪泉地名○軋膺眼切車報文二窴窴赧進窄也

集韻卷之五終